彼我試文

塩崎英彌

文芸社

目次

序——固有名詞

――病む身にも、春一番の、便りなり。――

わたしには、安息＝平和が無い、つまり思想が無い、
わたしには、想念が無い、つまり世界が無い、
わたしには、記憶が無い、喩えれば白、黒、灰色の、自己、色の無い世界つまり、人間で無い、
わたしには、自然の覚醒が無い、人工デジタル波の、覚醒、いわば覚醒剤しか無い、

わたしには、眠りが無い、つまり、脳＝身体の、切り換えとしての、休息、治癒が無い、
わたしには、食要求が無い、食べるべき、偽の、義務しかない、義務、義しい務め、
わたしには、楽しみにおいて、満足感が無い、つまり満たされた充足感、つまり幸福が
無い、
わたしには、尿も便も精液も、自然な排泄が無い、強制としての、人工排泄しか無い、
強制、
わたしには、入浴でのんびりと、まして充分温まることが無い、のんびりと反対の、上ずった緊張であり、温まる度、人工便意でトイレに駆け込む、それでも温まれば、脳は、人工のぼせて、何も人工解らなくなる、
わたしには、快・不快―原則の、快が無い、つまり、為すべき行動が、判ら無い、
わたしには、匂いが無い、時折、偽の悪臭が鼻について離れ無い、
わたしには、味が無い、偽の、かつ舌先だけの、味覚しか無い、かつ人工味、

わたしには、感受が無い、〈物〉、〈事〉を、感受する、性性の深度が無い、
わたしには、リアリティが無い、脳が身体に深く根ざして、覚醒する、感受と判断の綯
　合わせの、リアリティが無い、
わたしには、愛が無い、つまり〈関係〉が無い、
わたしには、性愛が無い、つまり異性、同性が、無い、
わたしには、性が無い、つまり〈力〉が無い、
わたしには、生命要求が無い、生きねばならぬ、責任しか無い、
わたしには、感覚が無い、時間識感覚も、空間識感覚も無い、
わたしには、日常習慣感覚が無い、刻々、変転する、危機感しか無い、
わたしには、〈腑に落ちる〉、胸の底、腹の底からの、事実への理解が無い、つまり半ば、
　上ずりへ、振れている、正気で無い、
わたしには、わたしの筆跡、つまり自署、サインが無い、全てグニャグニャの無個人の

人工筆跡でしか無い、
わたしには、温度感が無い、寒い時は、更に冷たく、暑い時は、更に熱く、極端な時、
寒いのか暑いのかが判らない、
わたしには、判断が無い、車で走っていると、赤—止、青—走の、判断が無い、人工身
体判断でしか無い、
わたしには、感情が、情緒が、怒哀悲喜が無い、いわば心理が無い、
わたしには、情が無い、つまり年月、時間の、厚さが無い、
わたしには、喜びが無い、かつては、生命要求の、自足の、塊だった、喜びのわたしに
は、
わたしには、愉しみが無い、かつては、知覚の、自足の、塊だった、愉しみのわたしに
は、
わたしには、楽しみが無い、人はどんな苦のなかでも、楽しみを宛とする、その楽しみ

がわたしには、無い、
わたしには、胆嚢が無い、全摘した、
わたしには、死が無い、殺害、つまり切断される死しか無い。

わたしには、人工吐き気が在る、
わたしには、人工幻聴が在る、主に歌、話しかけ、たえず脳内に、でたらめに響いている、
わたしには、人工幻視が在る、主に女性、性、たえず脳内に、でたらめに映っている、
わたしには、乾癬が在る、推測、アレルギー性カルシューム代謝異常、
わたしには、止むことのない、人工痒み、人工痛みが在る、
わたしには、人工苦がある、死にたくなる程の、人工苦が在る、

わたしには、人工疲労がある、横になっても、居られない程の、極度の、人工疲労が在る、
わたしには、人工抑鬱が在る、居ても立っても居られない、人工抑鬱が在る、
わたしには、たえず、大脳、小脳の、抑圧する、器質感、ある筈のない、人工器質感が在る、
わたしには、腰痛が在る、医者は原因不明と言いつづける、人工腰痛、
わたしには、極度の、眼神経人工疲労が在る、本も読めない位に、
わたしには、たえまない、人工緊張、口腔が渇く程の、人工緊張が在る、
わたしには、人工誤飲、食べると必ず咳き込む、人工誤飲が在る、
わたしには、たえず、尿、便、精液の、人工失禁と、たえまなく、その人工恐れが在る、
わたしには、糖尿病が在る、
わたしには、良性・前立腺癌が在る、

わたしには、人工脳作用疾患（通称・人工統合失調症）が在る、
わたしには、たえず、人工セカセカと、人工せっかちが在る、時間はいくらでも在るのに、
わたしには、たえず、人工イライラが在る、たえず神経は人工尖って在る、
わたしには、たえず、人工怒りが在る、たえず、首相官邸、防衛省広報課、陸上幕僚監部広報室に怒鳴っている、

わたしには、まだ、知覚は在る、その認知（記銘力でなく）は在る、それも壊されはじめた、
わたしには、まだ、観念了解は在る、
わたしには、まだ、概念了解は在る、
わたしには、まだ、解る言語、が在る、話を聴ける、話せる、

わたしには、まだ生命が在る、生きて在る義務、義しい務め、が在る、
わたしには、まだ読める文字が在る、文も読める、
わたしには、まだ書ける、文字が在る、文も書ける。

わたしが、ものを探すと、必ず視つからない、
わたしが、身体を動かすと、必ず人工フラつき、ものを、壊したり、破いたりする、
わたしが、駅へ着くと、必ず眼の前を、電車は出る、
わたしが、人を視ると、その人か、わたしか、双方が、必ず手足を意識する、
わたしが、行く先々、たえず、変な女性が、変な挙動をする、
わたしが、車で外出すると、必ずパトカー、パトバイクが、ウロウロする、
わたしが、なんとか食べ物を食べおおせ、なんとか嚥下したものは、必ず咽喉・口腔に
人工逆流して、人工しゃっくりが止まらない、

わたしが、就寝すると、必ず人工緊張し、人工注意は張りつめ、脳の中で、人工でため歌は響き、その上に、人工偽幻聴の、偽秋声は響く、わたしが、外出して、時折、幼児に接すると、必ず幼児は、わたしを視つめつづける。

要するに、わたしは、脳と脳を含む身体において、生電位、生体磁場のみならず、血流も、代謝も、免疫も、行動も、心理も、記憶も、想念も、全て、破壊の方向へ、AIで、操作されている、人工苦のなかで、その悲惨ゆえに、生きようとする。23歳の頃書いた、「生きるに値する悲惨は無い」と、悲惨の始まりだった。五十年懸かって、「生きるに値する悲惨」に、たどり着いた。

ここでのわたし、つまり事実としてのわたし、

超私、（いわば実存）と反対の、前私、としての、わたし、とは、
一体誰か、
わたし、塩崎英彌か、
私、大内か、髙秀か
少しだけ話をしようか
わたしか、私か、あるいは彼か、偽彼か、本当は、
偽彼、無人称、つまり人間1（男性）ではないか、
あなた方は人間たち、
しかし、あなた方ではない、あなたは、
偽あなたは、
すでに人間2（女性）ではないか
犯人は、人間A（男性）B（男性）C、ではない、

〈推定固有名詞〉

T.Y.$_1$

M.I$_1$.

H.N.

M.N（T.K.）

H.O.

N.K.

A.Y$_2$.

H.Y$_3$.

H.I$_2$.

歴代統合幕僚長
歴代陸上幕僚長
自衛官
T.H.
H.S.
歴代首相
歴代防衛大臣
歴代防衛省事務次官

固有名詞は、〈音〉しか、翻訳できない、
日本文字（元中国文字）、形象。

三十年後の、犯人たちは、
後世の、人間3（男性）、4（女性）、5が
観察、考察する他ない。
上記は、ひとつの手懸かり。

これで、わたしの責任の、一端は、果たした
他端は、殺されても生きること、
果てしない、五十年だった。
わたしは、高く大笑いして、殺されていくだろう。
後は、後世の〈人間〉の、責任だ、わたしには負えない。

終わり　1

「行くだけだ」、デジタルの苦の1時間半の、人工夢の、人口昏倒から、人工覚醒させられて、彼は思った、というよりAI想念が、脳に起こった。「実質は終わっていた」と、彼は続けさせられた。「性も、文学も、国も」と、書きながら、人工混乱の方へと、AI想念は、個と、社会と、国とを、混同させようと、次の想念単位は、置かれた。しかし、記憶は人工消去。

恋人の、相手構わぬセックスに、泣かんばかりに、悩んで、「どうだったの」と、詩との関係を聞きすがる映像の人工夢の、デジタルうなされを苦しんで、カフェ・ドゥーブルの、女性店員の、貧相な、かわいいというような、Tバックのお尻を、何の人工性要求感もなく、像は浮かばずに、思ってから、彼は、「わたしは、何がしたいんだろう」と、昨夜、デジタルの、波状の、人工麻酔昏倒を、さまよう前に、思おうとしたことを思い出して、

「終わったことは、何がしたいんだろう」と、先まで書いて、思い直した。終わったこと、一生がか、病がか、性要求がか、社会での文学がか、かわいいお尻への、人工視線がか、国の軍事がか、国がか、終わらない、人体血流、人体電位、AI操作技術の、終わっていることがか、と、彼の脳のなかへ、AI想念は、混同を、操作しはじめた。つまりAIソフトが、か、と。

00:00に消灯して、01:00にクーラー音が止み、01:30頃から、デジタル人工注意は、波状に曇って低下し、02:00には、人工気絶して、次に人工夢の人工うなされから、突然、人工覚醒して、時計を視ると、03:30少し前だった。ここ一年、三年、十年、同じ

休息のない、人工苦の人工麻酔昏倒だった。

彼は、知っていた、苦は、人にまた威厳をもたらす、いや、苦は文学を生みもし、迫害は、文・化をもたらすと、悲しい歴史だった。難しいことだった。事は、事件は、日々、進んでいく。「何が終わったのだろう」と。彼が、か。彼は、彼が終わったから、彼について、彼は書き始めた。難しい話だ、彼が終わったなら、わたしは、私に還ったはずだ。なぜ、私は、私小説を書かない？　いやむしろ、私小説が、嘘、矛盾でなく、そのまま、小説、物語となった？　AI想念を宿した、物語、それこそ、叙事詩？　そんな筈もない。そこまでで、昨日の、昼、三束の、多すぎた、素麺、夜、塩からく人工不味さの、野菜炒め、と、海老煮の、食事の、栄養は切れた。

終わり 2

いや紡ごう、「行くだけだ、実質は、終わっていた」。彼は、やはり、カフェ・ドゥーブルに出向いて、何が終わったのかを、点検した。ここまで書くと、脳でAI想念が、振動していた、彼は、つけ加えた、「小説でなく、物語、本当は、叙事詩」とは、「考えることだ」と。そんな筈はなかった。

いや、物語ろう、彼は、カフェ・ドゥーブルへ出向いて、人工不味い、ダッチ（水出し）・コーヒーを口に含んで、お目当ての、女性店員を、嫌になりつつ、貧相な、かわいい、お尻を見て、目を合わせ、目を逸らせて、喫煙ルームで、人工不味い煙草を、二服、喫った。彼の、人工性昂進が終わって、人工病の、生命も、毎日も続いていた。するとAI想念は、響かせた、朝日も、NHKも、冗談のように続いている、と。冗談じゃなかった。人工とは、総、マスコミだった。大勢に浴さんかい。彼は、イモを洗うように、大勢に従った、戦争への道を。しかし、海外に逃げるだけの、金は、運良く、作っていた。

物語る、関心を、引き留めることだった。小説、自我の内関心を、紡ぐことだった。叙事詩、社会の、関心を、彫刻することだった。皆の、関心、ニュース、SNS、ツイート、ボロボロに、関心が、人工病的に、人工自死、操作のように、バスは、のろのろ運転をして、接触、横転し、発火、炎上していた。犯人は？　マスコミは急に黙り込んだ。そのことで、彼は、自衛隊と踏んだ。だが、誰にも言わなかった、口にすると、精神病院が待っていた。パトカーが、ウロウロしはじめた。彼は、彼の、叙事の理由のひとつ、デジタル人工苦が、薄まるのを感じて、その日は、人工性要求昂進が終わったとだけ、点検して、カフェ・ドゥーブルを、うんざりしつつ、さっさと出た。明日も「行くだけだ、実質は終わっていた」、老人の、人工性要求でなく、本当は、〈個人〉、つまり〈社会〉が、相互のように、陰湿さへ、終わりの、始まりだった。そのシンボルが、〈家庭〉統一教会だった。〈家庭〉だった。対する「おひとりさま」家庭。おひとりさま、たちが、カフェ・ドゥーブルで、群がって、異性を物色していた、異性の噂を、流しつづけた。「行くだけだ、実質は、終わっていた」、〈個人〉が終わった時、人は、名前と住所と、電話番号とマイナンバーと、預金額だけになって、人工性要求ばかり、人工へ昂進する。「おひとりさま」、と、「お」と「さま」が、つく。おひとりさまの彼は、拷問の人工苦によって、終わり始めた社会の、とっくに終わっている、叙事を、書くことに、手を染めはじめた。叙事、むしろ、韻文の、対極。シンボル、比喩から視た、シンボル、比喩、二重の、シンボル、あるいは二重の比喩。神話に対する、21世紀の、崩壊音の、事、叙事。言語つまり脈絡、論理と比喩の間の、意味、ということ。事、事件とは、たえず、事であり続けながら、比喩としての、意味を求めてくるということ。よって、叙事。倭（おと）なしく、陰湿で、嫌がらせ（悪意）の、社会の、崩壊。書くことではない、読むこと、ひたすら、自我の、記録を、読むこと。そのために、書くこと。性が終わる処から始まるもの、むしろ、人工であっても、苦と、狂、つまり、死ぬ練習、死が、個の、終わりということ。それを、風流というか？　かえって、北斎が嫌いだ、と彼は思い直した。根が、素人だと、日本という、素人だと、すると、玄人という、そんな人は居なかった、かつての恋人のような、人工映像の女性の顔が、浮かび上がった。買売春の社会だった。玄、黄（金）それに血（赤）が流れれば、かえって、ドイツか、とも笑った。愛も情もなかった、ただ、かわいらしさと、憎にくしさと、弱者の、弱者しか、居なかった。少女文化。でなければ、玄人、苦労人。かえってふさわしかろう、人工であっても、苦と、狂には、と彼は万年筆を、走らせた。

恋人との関係の終わりと、私戦争と。そして彼は世界のなかのウクライナのように、ウクライナは、社会のなかの彼のように、孤独な血を流して、戦争を、苦しんでいた、苦悩していた。

堪える

誰もが、何かを、堪えていた。「思いを」と人工想念入る。そんな、単純なことではなかった。脳の、沈黙でなく、硬ばり、いわば、苦以前の苦、脳の、不活性性を、堪えていた。外の誰しもが、堪えて歩いている姿たちの、情景と反対に、幻では、笑いが、怒りが、はじけ出しそうだった。彼は、そこまで堪えて、「よし」として、「カフェ・ドゥーブル」と人工想念入る。そうではない、ベンチを立って、スーパー・マーケットから出ながら、堪えていることとの内に、他者との距離を、自我と、自己の、「身体」と人工想念入る。反対だ、自我と自己、つまり、脳と脳を含む身体と、精神、脳＝身体・

作用の間に、自我の内に、距離を内包することと、なぜか人工想念を操り返して、コートを風に吹かれ、歩いて行き始めていた。古井氏は、晩年、「死は拡がりだ」と書いた、彼は疑っていた、しかし、まんざらでもなかった、生のうちに、脳の不活性性を、他者との距離として、内へ、取り込む、つまり、死を、拡がりへと、持っていこうとすることだった。「だが、彼は生きていた」と人工想念入る。彼は生きてはいたが、彼の、精神は、つまりは安息は、人工磁力波操作で、10年も前に、とっくに殺されていた。彼の身体も、偽似として生きていた。

だが、そんな事を言いたいのではなかった。軍という愚かしさは、国という、また愚かしさは、何だってする。そんなことより、堪えていることを、自我と自己の間に、他者との距離を内包すること。

とすれば、彼の脳作用は、すでにAI（そのソフト作者）、そして、隊長、副隊長はじめ、2名2組の、24H、4交替　4×4＝16、計19名～20名の、操作で、すでに愚かしい社会要素だったから、そこへ、他者との距離を内包すれば、任意の小社会、つまり、ひとつの社会の、構図を持ってくる。社会が彼を操っていた、偽似社会へと。

無理をしてはいけない。信頼とする人たちは、ひとりひとり、死んでいった。その度ごと、嘘を大言を、言えなくなっていった。「無理をしてはいけない」と人工想念入る、この操り返しの技法は、彼の旧い方法だった。彼は信頼とする人たちを、ひとりひとり喪うごと、ここで、想念していた文の、人工脱落、再挿入「彼は、殺されたと考えていた」、ひとりひとり失うごと、ただ、脳作用の、事実、単にリアリティだけでなく、脳作用の事実について、嘘を言うまい、嘘を言うまいと、厳密に、そして細かくなっていった。

例えば、彼は、夕方、洗濯を終え、干し始めて、外気が冷え始めたと感覚した。そのために、狂い始めたかと、想念して、「気候は、寒冷に向かっていた」と、文を想念して、次に、「地球温暖化と新型コロナの時代に、気候は、寒冷に向かっていた」とし、しかし、違うな、彼は、脳での事実を言いたかったと、「気候は寒冷に向かっていた」に戻した。危ういいつもの二月だった。だが、夜になって、彼は、夕方の自我リアリティ識の、完全人工消滅は、彼は、記憶が、無くなっていたから、日記『未明記』に書いて、初めて、前日の朝、記憶のリアリティが完全に人工消滅し、そして次に、その日の夕方、自我リアリティ識が、完全に人工消滅し、そして、風呂上がりに、そんな筈もない、と想念することで、日常を働くことで、自我へと戻ったことから、やはり、人工統合失調症への、人体操作の、前兆と、捉え直した。人工統合失調症は、人工で発病させうる。そして苦しんでいる人人が居る。また違って、堪えている人人が居る。そのことを、彼は忘れまいと、口で呟いた。「苦しんでいる人人が居る」と。

自衛隊

日中、有事は無い。台湾有事は、有りうる。しかも、近い将来にか。日米の矛盾であるが、中国の横暴である。香港と同じである。そして、日本にとって、大事なことは、日中有事は無いが、台湾有事の際、アメリカは必ず、加担する。また、そうであるべきだ。その際、アメリカの加担に、日本がどこまで加担するかによって、あるいは尖閣程度の、最大限、沖縄の、日中有事は、有りうる。日中有事だけは、日本は勿論、世界にとっても、避けねばならない。

そして、日中有事を避けるためには、台湾有事に際し、日本は、米軍に、できる限り、加担しないことである。冷淡に思われるかもしれないが、できれば、米中に対し、中立、第三者の立場を取るべきである。

政府の妄想は、いきなり、中国が、領土目的で、尖閣に、魚民を装って、上陸するというものだが、そんなことは有りえない。中国は、日米安保を、充分、承知している。問題は、台湾有事で、日本が、台湾ひいては米軍に、どこまで加担するかに懸かっている。つまり、いつでも戦争はそうだが、相手の、敵国への、加担の、度合いに有る。加担が、敵対を呼ぶ。

台湾有事は、日米の二枚舌が原因だが、横暴は中国に有る。祖国統一という、物欲と、台湾の民主主義を守るという、逆転した、イデオロギーの物欲、資本の、民主制度のイデオロギー化。物と、イデオロギーの、対立である。噛み合う筈がない。そして、近く、少なくとも遠くには、台湾有事は有りうる。

その際日本は、冷淡であっても、できる限り、台湾、米軍に加担しないことである。

できるなら、米中に中立を保つことである。台湾・米軍に加担すれば、あるいは、日本に、火の粉は、降りかかる。そして、最大限推論しても、日中有事の際は、欧米各国が、たとえ、日本と同盟しようと、中国、本土でなく、日本が戦場となる。欧米は、利に敏いから、日本を戦場にして、民主主義を日本を、守ると称するだろう。そして、欧米が同盟しようと、日本自体は、必敗する。自衛隊、政府の、愚かしさ、軟弱さを見ていれば、電磁波兵器とやらの愚かしさを見ていれば、充分である。

そして、現実に戻って、日本は、敵基地反撃能力など、考えることではなく、台湾での、有事、いわば冷淡だが、台湾を見棄てる事である。米軍に、まかせることである。そして、言論政治として、米中に、できれば、第三者を、振る舞う、言論で中国にどれ程敵対しても、軍事として、台湾・米国に、加担しないことである。尖閣を、また沖縄を、二度目の戦場としないためにも、それだけが方法である。米軍に加担すれば、火の粉は、必ず、頭上に降りかかる。敵基地反撃能力などと、言っている場合ではない。

女性の妄想も限りないが、男性の妄想はもっと限りない。勇ましく聞こえて、その実、恐怖心しかないのが、勝共連合等の、本心である。国は、資本主義なら、共産主義とも社会主義とも、物尺度なら、金尺度なら、各教条とも、うまく、やっていくことである。外交政治である。千歩譲って、無条件に、共産、社会、いずれかの教条の国によって、日米安保を理由に、あるいは日本の、領土目的、—そんな、荒唐無稽なことは有りえないが—で、突然侵略されたら、仕方ない、自衛隊と、住民とで、全力で守る外ない。そんなことは、有りえない。世界は理性と政治である。

それにしても、万が一にも、そんな事があれば、彼は、少なくとも彼は、第三国のヨーロッパ、南米、アフリカでも、第三国、戦争のない国へ、逃亡、正確には、避難するだろう。老人だからではない。若くても、そうすべきだ。いや、誰にも指示はできない。各人が選ぶ他ない。そして、日本、日本人を、守るならば、避難することである。領土より人である。自衛隊と、曰く愛国者が、領土を守って、死んでいけばいい。私は、冷淡な、リアリストである。

　この五十年の、自衛隊からの人体攻撃で、自分の生命は、自分で守るしかないことぐらいは、充分知っている。政治は、人、一人や百人、千人万人、平気で殺す、見棄てるものだ。そんな政治に、投票はしても、期待などしてはならない。結局、経済、資本の都合で、民衆は、平気で、使い捨てである。それが日本の民主主義である。使い捨てできる人生など、どこにも無い。

　むしろ、政治に、冷淡であること。自衛隊とやらを、立ち直らせるには、政治が、あくどすぎる。政治ではない、票と金と保身である。民衆のデモが、つまり恐怖なのである。結局、ポスト、財を失う、恐怖でしかない。そのために、警察、自衛隊を国内に向かって使う。外交は、からきしである。それが、日本政治の、現状、これは、その分析である。

　まず人を守るには、領土は二の次、できる限り、人々は、世界の第三国へ、逃亡、正確には、避難することだ。特に、女性、未成年。いくらでも、結婚、結ばれて、日本人、ハーフは、生まれてくる。

言語、文字は、伝えられる限り、言語、文字は滅びない。それさえ含めて、人、生命以外、日本の、何を守るという。感受性、チャンチャラ可笑しい。とっくに壊れている。

台湾有事が、日本の政治、住民の、ひとつの試金石である。

繰り返す。アメリカが台湾を守ろうとする。それゆえに、日本は、台湾を、見捨てるべきだろう。香港で、声明の、ひとつも、出しただろうか。

自我観なしに、世界観はない、世界観なしに、日本観はない。世界観、日本観なしに、日本をはじめ政治観はない。政治観なしに、政治はない。明言しておく。日本は、憲法九条を実践して、もし有事になれば、誰しも、第三国へ、避難するべきだ。人ある限り、領土は、百年、千年かかっても、取り戻せる。世界は、理性である。軍事で軍事が、解決できたためしはない。戦争と、勝敗のみである。日本は、世界の、軍放棄の、さきがけであるべきだろう。

日本は、未熟でも、言論政治国として、資本からも、イデオロギーからも、宗教からも、いっさいの価値尺度から、自由な、認否を含めて自由な、人々の、民主制度の国として有るべきではないか。何かあれば、他国へ、避難せよ。金は、そのためにある。金は、生命を守るために有る。自衛隊、生死権を、国に売った、金に換えた人たちの、組織だ。底辺以下の、底辺である。よって国は、美化する。政治によって、軍を、利用する。あくどい国々。

結局、国は、底辺、更には底辺以下の軍の、そして生命を労働を金に換えるしかない、中流層の言動に、日常での何げない会話に、懸かっている。どれ程、立派でも、底辺が中流層が、駄目なら、結局、その国は駄目である。攻撃性、陰湿性、いずれであろうと。表裏だ。聳えること、底辺に在って、底辺を、聳えること。それだけ。だが言っておく、飛行機は自由の象徴ではない。労苦の象徴でもある。移住、また労苦。彼の、ひとつの試案である。

しかし、誰も人人に指示はできない。人人各人が考えるべき事だ。それ以外、には言うべき事は無い、と、彼は、書くべきことを追記した。

遅すぎた、政治発言、敵基地反撃能力に反対する。まず、日本の政治家、防衛省、関係者、自衛隊は、何も、世界が解っていないで、決めているが、問題は、NHKのように、北朝鮮――日本が資金面で、一部流れている――でなく、中国である。

アメリカは冷静だ、中国も冷静だ、しかし、共に、したたかで裏がある。

中国がなぜ、現在、尖閣で、―慎太郎がチャッカマンだ―うろうろするか、中国は、台湾を考えている。その牽制である。

台湾で、日本が、米豪比等と共に、台湾の守護に廻れば、中国は、目先を逸らすために、台湾、尖閣と、戦線を拡げるだろう。

それが、冷静な、しかし上ずった中国の狙いだ。日本自衛隊は、全力を挙げて、死守に向かう。

しかし、考えてみよう、中国が尖閣に、ミサイルを打ち込むだろうか、無人機、どこからか解らないドローンで、尖閣の、日本施設を叩いたらおしまいだ。

日本政府はさんざん騒いで、時間が経ってから、台湾の中国軍、まさか、中国本土ではあるまい、を狙うだろう、それが中国の狙いだ。中国は、したたかで冷静だ、アメリカも、したたかで冷静だ。

日本は、尖閣を理由に、台湾有事に、いやが応でも、加担することになる。

中国は、尖閣から、ドローンで、沖縄を狙えばいいのだ。

断言しておく、台湾だろうが、尖閣だろうが、自衛隊は、その、人材の質の悪さによって、全敗必敗する。

そして、アメリカは、台湾を守っても（あるいは、武力協力のみかもしれない、日本が出しゃばることになる）、尖閣では、アメリカは、過度に、手出ししない。中国の狙いは、日本が台湾に加担すれば、尖閣は押さえるという、内心だ。

仮に、台湾で、中国が劣勢になれば、ロシアの狂気と同じように、中国は、台湾プラス、尖閣プラス、沖縄の、島々を狙ってくる。しかし、島々という理由で、ミサイルでなく、ドローン等、無人機によってだ。

結論を急いでおく。日本は、台湾は勿論、米豪比等に、あまり積極的に、加担すべきでない。

よって、自衛隊を金漬けにする、2％軍事費は、EU、米に追従すべきではない。

はっきり言う、台湾問題は、日米の二枚舌だ。

日本は、9条と、貧乏国―今やその通りだ、軍事費、削減で、充分だ。繰り返す、中国、アメリカ、EUは冷静だ、北朝鮮は、日本を狙わない、アメリカの、中国との敵対に基づく、金正恩つぶしだけを恐れている。金正恩一族に、さわらなければいいのだ、いずれ金一族も、100年ももつまい。中国共産党は、100年はもつだろう。

事は、尖閣とは、台湾有事の際の、日本への、抑止力だ。それを、軍事費2%とEU、米に上ずって、敵基地反撃能力と、はしゃいで、何が、静まる。

日本は、自衛隊――質の悪い――の丸腰だけでいい、手をかけない限り、アジアでは、中国も北朝鮮も、何もしはしない、そこに、アメリカの、対アジア戦略がからんできた、日本が、アジアのリーダーになれなかった、駄目さへのつけだ。今からでも遅くはない、防衛費2%、敵基地反撃能力は、法制化されても、尖閣、まして、台湾に手出ししないことだ。アメリカ、オーストラリアにまかせておけばいい。尖閣を、占領されたら、放棄することだ。

人命よりも、土地は、何とでもなる。500年かけて、返還を求めていけばいい、北方領土が、そうではないか。人命より、領土が大事か。

自公連立政府、防衛省、自衛隊には、中国の、冷静な軍事戦略を、アメリカの手の内さえも、読めていない。

繰り返す、尖閣で、アメリカは出てこない。

敵は、中国、ドローン、無人機だ。自衛隊は、どこを、反撃する。台湾の中国軍か、それが、中国の、狙いだ。

中国は、尖閣か、沖縄島嶼部に着手する、

アメリカは、それへの防戦で、手を打つだろう。最悪、台湾と沖縄の交換である。

敵は誰か、かえって自衛隊と、自民、右派、好戦派だ。

彼は、海外旅行で苦しみとともに学んだ。地上、3万6千kmは、どの国も制空権がないと。地上100kmまでと。

彼は、静かに、瀬戸内で、拷問死を待つつもりだ。

彼の孤立感は、ウクライナの孤立感のように、意固地ではない。いくらでも、停戦する用意がある。

それを自民政府は、たかが一人と、拷問を止めない。彼は、世界の、冷たさを知っている。ただ、言語だけが、そして場合によっては、文章が、望み（ないが）、だと学んだ。そして、世界は理性だと、理解している。まして、各国底辺は。軍を含めて、底辺は。

あるいは、NHKの好きな北朝鮮と、日本を置いてきぼりに、中国、アメリカは、宇宙圏はじめ、軍事で、すでに手打ちは、出来ているかもしれない。世界は、腹黒い、しかし、世界は、紛争以前、以後に、常に理性だ。

母国

　本当は、いわゆる「政治」など、やりたくなかった。国が、どれ程、悪として、関わってこようと、彼は、政治、国、をより根源的に、解くことの方が、愉しかったし、つまりより科学的だったし、いわゆる「政治」など、どれ程、優れていても、心理、更にそれの小手先だった。しかし、国は、表現する彼に、表現を承知で、一市民として、具体的に、殺そうとしてきた、それればかりか、判らない様にと判らせて、人工超早期老衰殺害、それ以前に人工統合失調症、人工発病への試みと、二重三重の手段を重ねて、彼を、50年、拷問し、拷問していると判らせた。目的は、学者、官僚の、裏金と、自衛隊現場の、殺意だけで、他は、暗黒の、つまり空っぽの、思惑しか無かった。

彼は、はっきりと、理由もなく、殺されたくなかった。それより、とにかく、とっさに、生きようとした。それ以前に、彼は、40年、統合失調症と、思い込み続けてきた。その時その時の、拷問の苦しみを、統合失調症の、脳=身体症状と、思い込んできた。

整理すれば、国は彼に、人工統合失調症、人工発病実験、人工脳=身体データ盗取、人工超早期老衰殺害、人工即殺害可へと、国は、彼に、積極的、ストーカー的に、関わってきた。彼は、まず、とっさに生きようとした。そして国の、目的、狙い、予定を調べるため、という以前に、彼には日記を付ける習慣が有ったから、不審なことは、逐一、日記に、メモしてきた。そうすることで、一日一日を生き延び、それが日記を書くことで、国の、目的、予定を、浮かび上がらせた。

結論は、人体操作という、使いものにならない兵器の、その実験と、その失敗による、証拠隠滅、特許と利権、それだけだった。

彼は、表現においても、関わらなかった。それでも国は、表現においてすら、彼へと、関わってきた。それを掻い潜って表現してきたが、結局は、表現自体も、壊してしまった。それでも彼は、関わらなかった、その愚かしさゆえに。それでも国は、拷問へと、彼に関わった、その愚かしさゆえに。

国、個人、危害、にあって、個人的闘いは、いわゆる政治を帯びるが、本来の〈政治〉にまで、迫るものだ。それでも彼は、まだ国には、関わりたくなかった、愚かしかった。それより、国とは何か、個人とは何か、観察、考察する方が、彼には、拷問のなかに有ったからこそ、愉しかった。そして、個人について、強いられて、考察しつづけた。

その果てに、着想した。国、少なくとも日本国、その基盤は、成文化、しかも、制度と組織化による、つまり幻想、人という具体に根ざしての、幻想への成文化であると。軍事も含めて。反・ノベル。

対して、個とは、表情・行動から、表象に至るまで、表現とは、生きる側への判断に対し、対象を解ろうとする、理解力に、尽きる。それは、結局、自我を含めて、対象の、言語のなかに、在る。

対照すれば、幻想の成文化と、事実の言語化。あべこべになるわけだ。そこで、個の、込み入ってくると、成文化、むしろ、成文化によって、表現ではない、観察が、可能となる。理解力。

もう、つべこべ言いたくない。それでも、国が在る以上、本当も嘘も、政治は在る。しかし、理解力による、考察は、政治以前ゆえに、政治以後で有りうる。表象、韻文、散文、劇、しかし、理解力は、どんな表象でも、思い付くだろうし、〈日常表現〉へと、一番遠くまで、いや、最後まで、人に寄り添うだろう。

なぜ、これ程、愚かしさに、関わるまいとするのだろう。愚かしさなら、身を屈めて、耳を傾けていい程、老いたし、聳えたのに。私は冷淡だ。好きな人以外、無関係だ、好きになれないのだ、つまりエゴイストだ、その程度には、日本人だ。女性的だ。小さな身体の、人口密度、考える毎、そこへ行き着く。

国、制度と組織化、その要に居る人物の、単なる判断、による、幻想という、約束の、成文化、だと思える。追って検討。

心の傷

単純に、理由在って、断ち切られた、愛ではない。遊び心というか、理由なく、裏切られた、例えば、一人、心底、結びついた男性が居た女性、その人が、別の彼に私信でなく、詩作品で愛を告げる。

この時、もうひとりの男性、彼は、一時、心底、私信で愛を告げて、結局は、裏切られたと、感覚する。

しかし、彼は、裏切られた事ではなく、結局は、ひとりの愛する人を喪った、というより、結ばれなかったことに、心は、傷つく。

裏切りなど、何ものだろう、結局は、自身の信用を裏切ること。あるいは、裏切りとは、密告、友を、国に、組織に、自我の出世のために、〈売る〉事だった。告げ口。そうではなく、彼は、愛という、大変難しく込み入った、しかし、単純な、奪い合いのなかで、結局は、敗北しただけだ。恋人の、裏切りなどではなかった。

しかし、一時、いわば総力戦の、奪い合いのなかで、一人対二人、一人対三人となったことで、彼の愛は、たったひとりだったのに、恋人の恋は、二人、三人、四人だったと気付いて、彼は、一時、女性が解らなくなる。一時、はっきりと、女性が恐くなる。

この時、確かに、彼の心は傷ついている。

判らない、理解できないということが、愛の、破壊が、性、原=性へ及んで、理解できない対象一般への、不安、恐れの、デフレ・スパイラルが起こっている。

この時、彼は、心が傷ついたという、比喩でなく、実際、脳作用が、理解の破壊と、性、原=性の、デフレ・スパイラルへと、実際に、脳作用が歪んだ、いや、脳作用の、アナログ波形、回路が、遮断された、傷ついたのではないか。

同じく、女性が、傷つきやすいのは、理解が届きづらく、理解力が強く働きづらく、どうかすると、不安、恐れへの、デフレ・スパイラルに、傾く、実際、心が傷つくという比喩でなく、脳作用の、破壊、デフレ・スパイラル、つまり、回路が傷ついている、遮断されるのではないか。人の、始源の、関係として、人は傷ついても、また自我回復力によって、自我へと、自信を取り戻すが、たえまない関係において、たえまなく傷つく、脳作用回路の壊される時、つまり、人の、AI操作の時、世界は、というより、人一般という対象は、にじみ歪み、壊れていく。脳作用回路と同じく、デジタル深層、質量、破壊。作用の人工消去。

元々、関係とは、信用と愛であった。日本では、皮肉に響くが。心が傷つく、関係における、信用と、愛の、脳作用回路の破壊。

人を弄ぶ快よりも、人に弄ばれた悲しみの方が、偽社会性として、人格（人柄）は、正しい。関係においては、単純な快より、複雑な悲しみの方が、上位だ、日本においては。

と彼は、傷ついた自我と、一人、二人傷つけてしまった他我（女性）について、傷について、考察してみた。比喩でなく、具体として、傷ついたとしか、彼にはどうしても人工思えなかった。

自由 1

まず、幼い頃、あるいは長けて、まず労力が有った。水、塩、火、栗、貝、魚、家畜。保存という、まず労力が有った。その上で、水を口にする、生理要求と、満足感、その基底要求感覚、渇き。

生理基底要求、緊張においても、渇きは起こる。人は、水、茶を、口にする。その、生理基底要求から、水を汲んで、茶を汲んで、口にして、一応、満足する、満足感、その、要求の、感覚から、満足の感覚までの、一連の行動、その、理に従う、いわば、行動の、〈合理〉性が、わたしたちの、要するに、〈自由〉である。

性を誇張してはいけない、金銭を誇張してはいけない。子供を視よ、生理を訴えている、母を見よ、子の生理を満たそうとしている。

自由の基底は、生理基底要求、感覚に、根ざしている。水を口にしての、一応の、満足感も、また、感覚である。その感覚を、デジタル化、数値化、するというのか。デジタル合成するというのか。

人工感覚、たえまない渇き、渇きの要求、要求のなさ、人工性要求感覚、たえまない、人工性要求、性要求の人工なさ、つまり、人工感覚、生理の狂い、生理の狂わせとして、すでに拷問、すでに病理化である。

理由のない（反合理）、拷問、病理化、平時なら、平時における、すでに戦時体制である。それだけで、すでに個における、戦争（反合理）状態である。

まして、それが、軍、自衛隊の、電磁波で、もたらされるなら、たとえ、個と言えども、立派な内戦である。まして、複数、小数といえども、千、万、単位なら、完全に内戦である。

ここに、彼は、50年に及ぶ、観察と、記録によって、自衛隊の、内戦化に対し、〈言論〉によって、完全内戦の、戦争状態を、遅ればせながら、布告する。日本の、現内閣に対しても。

50年に及ぶ、完全、内戦状態である。まずは、それで、労力、労働、内経済、対外経済が、回っていくとは、考えられない。

会社（企業）の、基本の、労働力、気力から、まず、崩れていく。人は、国の、福祉、金（税）へと、群がろうと、しはじめる。繰り返す、日本は、対中国、対北朝鮮、以前に、すでに、自衛隊による、内戦である。マスコミ、ネットはじめ、〈きれいごと〉は、行き着く果ては、対外戦争による、国内からの、視線逸らし、女性性の、常套手段である。政府は、対外戦争へ、眼を向けさせようとする。

内政が、ニッチもサッチもいかなくなれば、国は、対外戦争を、おっぱじめる、悪らつな国の、常套手段である。

自由のための闘い、闘いとは、抑制と言語である。また、女性性である。ただし、論理である。生理による、生理の解放。闘いとは、勇ましいものではない。生きんとする、みじめさ、いや地味さである。少なくとも、生きんとする地味さである。医学批判、官、軍批判。産、官、学批判。と、彼は要約した。

死語

一挙手、一投足、まして、そう書く、彼の記述は、自然活動としての、脳と脳を含む、身体ではない。たとえ、この、わずかの記述にしろ、一挙手、一投足にしろ、どれ程、無注意（無意識）としても、自我の、どれ程かすかで有っても、意志された人為である。その前に、人が人である理由は、注意のささくれとしての、意識によってではなく、想念域、性愛域、中枢域、そのそれぞれの対抗域への重複における、〈余剰〉の、染め上げにおいてであると、言っておいた。しかし、それもまた、人の自然の要素においてである。

対して、人為とは、想念、言語音声と文字をはじめ、概念像の、自由というより、自我統覚主体性と、それの更に、まとめようとする、自我の、捉え直し性においてである。まして、一挙手、一投足を初め、身体運動、は、どれ程、無注意、な自然と思われる運動であっても、どれ程の、くつろぎであっても、〈意志〉を介在する、人為である。責任主体である。

そのように、想念の、自我統覚主体性と、運動の、自我責任主体性の、中間域の、言語、発言、発語も、どれ程無注意な、かつ独り言であっても、〈意志〉の介在する、発言自由責任主体性によってである。

身体運動―呼吸、食事、睡眠、排泄、入浴、身づくろい、に対し、行動、買物、炊事、洗濯、学習、労力、労働、抗議行動、初め、行動は、完全に〈意志〉を介する、自由責任主体性である。

活動は、脳と脳を含む身体の、自律活動――自然。想念は、かすかであっても、〈意志〉の介在する、自我統覚主体、よくある、「わたしは、一体、何を考えているんだろう」と。

そして、運動、発言、行動は、主に、生命要求、性愛要求、感情そして、想念における、感受感覚の、励起性、等によって、〈意志〉を介して、実行される。それが人為である。

それら、活動、想念、発語、発言、運動、行動において、〈意志〉を介するのが、人為なのに対し、それらすべてがAIによる操作となれば、それは、〈意志〉を介する、自由責任主体性でなく、人工人体強制自我である。人工強制。そこに自我は成立していない。複数の人数が、AIソフトで、操作しているのであれば、すでに、人工人体強制、〈社会性〉である。

本来社会とは、所有、価値を介しての、個我と物、他我の、二重の関係性であるが、人工人体強制〈社会性〉とは、所有と価値に逆に属させられる、自我でない、単なる個

＝むしろ孤の、空ろとしての、制度性、つまり、〈偽社会制度性〉である。偽社会のルールは、ルールではない、閉ざされた制度でしかない。

そのような個＝むしろ孤の行動、発言、記述は、所有、価値への隷属、としても、閉ざされた偽社会の、強制制度性を、露わにする。わたしは、何を書いただろうか、この文章は、負の強制度性を、〈表〉している。偽社会を、あぶり出している。自衛隊という、そうでなくても、閉ざされた、偽社会の、更に閉ざされた、偽偽社会制度性。

負の、偽社会制度性。つまり、殺された、言文の、文章性。

AIとは、開かれた、数字性の、計算性。対してこれは、閉ざされた社会の、殺された言文の、その文章性。〈意志〉を介さない。

死語、日本言語、まして文章の、死。それがAIソフトの、人に強制した〈もの〉。文章の殺された、文章。AI、メモ文。彼には、無言の悲鳴の、沈黙する血が、聞こえる。

それが、日本の、底辺の、日常の、現実。少なくとも、彼には、文章は、死んだ、いや殺されたという事実。

なぜ、あんなにも、文章の、〈速度、速度〉と、思っていた、思わされていたのか。追われて、間に合わず、文章が、死に始めていた訳だ。本当は違うのだ、速度とは、時間にも距離にも、還元できない、すでにひとつの要素だったのに。速度とは、人の歩行のように、脳の重要な、ひとつの要素だったのに。生命活動に対する、想念活動、それが、速度性。いわば言語音楽性。

これで言えるだろう、日本文学は終わったと、一旦は。現実が、社会が、かすかに大きく、歪むだろう。言語の無い政治へと。それでも、彼は諦めない。AI人工想念を、逐一なぞっていけば、何が、その奥に浮かんでくるだろうと。死か、制度か、暴力か、国か、社会か、病か、なにが浮かんでくるだろう。おそらく匿名という、人格破綻という、病理性か。それが、始まりだ。

人間1、2、3と。

年齢

もはや、想念、記憶の、言うなれば、精神の、問題ではないと、想念、記憶の無い彼は、AI人工想念に注意しつつ、しかし、やはり、AI人工想念をなぞった。

脳作用の、注意の、停止と、それにまつわる想念に始まって、橋（きょう）の、人工刺激の、人工吐き気に至るまで、心臓への、脳中枢域心臓層も含んで、全てAIで、操作され、人工麻酔昏倒――いわば、気絶――と同時に、脳中枢域心臓層は、作用低下させられ、と同時に、ニコチンの、血管収縮、拡張の、域も、操作され、心臓自体も、AIで操作され、内臓全ての血流は、人工低下して、毎朝、明け方や人工目覚めの、1～

2H前、人工寒さで、人工麻酔昏倒の、闇は、薄れた。

もう、想念や記憶ではなく、代謝、免疫、とりわけ、代謝の、生死に、関わる、問題だった。

人工想念、―彼は、今日、一日中、人口排便しつづけた。しかし、そんな、問題ではなかった。睡る――人工麻酔昏倒――しない訳にいかなかった。毎日、毎日、1日4～6～8Hは。例えば、昨夜は、20:30～3:30位、7H位。その間、内臓の血管は収縮し、血流は、低下し、夜中、1～2:00頃、寒さ――あるいは人工寒さか――で、彼は人工麻酔昏倒の闇から、人工目覚めかけた。

彼は、殺されると、陰鬱になった。AI人工操作のストレスと、人工麻酔昏倒と連動した、内臓AI人工血流低下、AI人工血流、代謝悪化。現に、彼は、人間ドックで、代謝の数値が、極めて悪かった。

首相官邸にも、防衛省にも、医者にも、誰に、何を言おうが、某社発、脳血流に始まって、脳＝身体血流全ての、特に、栄養摂取―排泄、覚醒―麻酔昏倒を、軸に、血流と、各器官の、活動と電流、磁性作用が、AI逆コントロールされ、AI操作された。

想念、性による、人工ストレス化。脳、身体、血流による、人工逆代謝化。今年、1月に入ってからだろうかと、記憶のない彼は、AI人工想念した。

想念、記憶のない彼は、単に、必要によって、予定に沿って、行動するロボット、単なるロボットでなく、内部で、AI人工ストレスと、AI人工逆代謝をかかえ込む、いわば、誰しも、刻々、代謝によって、死んでいくのだが、その速度を、AI人工ストレスとAI人工逆代謝によって、いわば、－2倍×－2倍、いわば、4倍の、いや4乗の、死を細胞、精神は、死んでいった。

1年が、5年だった。まるで聖書のように、彼は73歳、292歳だった。とっくに死んでいた。

超早期老化は、彼は、人工想定していた。しかし、超早期老化とは、つまり、ゆっくくりとした、毎日毎日の、殺害だった。

そんな込み入ったことを、誰が思い付くだろう。

毎日、毎日の、殺害のなかでも、彼は、殺される、訳にはいかなかった。

彼は、AIによる、電磁波操作より、たえず、ひと回り巨きかったと、いうような、問題ではなかった。

確かに彼は、論理上、AI操作より、ひと回り大きい。しかし、その彼の、精神＝身体の内部で、ちょうど彼が、前立腺と、胆嚢で、癌の前兆が、見つかった様に、いわば癌、死の要素が、爆発的に加速していた。内在する、AI人工電磁波死。しかし、脳＝身体そっくり同じ、巨きな、内在死—内在殺害。

一旦、彼は、仕方ないとAI人工想念した。精神的にも、身体的にも、彼は、ひと回り巨きくて、しかも、実際の、脳＝身体そっくりの同じ巨きさで、内在する、爆発的死—殺害。

彼は、月毎の、血液の数値と、心身を、観察していく他ないと、ひとつには、自身に言い聞かせたが、毎日毎日の、彼の、脳=身体に内在する、殺害とは、
つまり、殺された愛、壊された性愛、打ち抜かれた性、と同じく、彼の、無い想念、無い記憶のことだった。

壊されきって、殺されていく彼には、心情はもちろん、想念も、殺害が、いつ始まったかは、24歳11月あるいは、33歳何月とも、もはや記憶は、おぼろげだった。

抗しようのない、内在する、AI人工電磁波殺害――死。

癌を、研究した者の、発想、いや、老い――死を、計算してみたいと考えた者の発想。生命計算学と同じ、死の計算学。彼の死亡年齢は、AIが、すでに算出していた。彼はたえず、AI人工想念をなぞらされた。2025年、台湾有事、同じ75歳胃癌と。後、2年足らずだった。彼は、ラブ・ソングを書かされた「ぼくが75歳頃までに」と。

また彼は急ぎ始めた。抱えていた、詩劇のプランが有った。75歳頃が、時間切れと。

犯人の名前も、入れる予定にした。と彼は、書くと、丁度、23日00:00に、変わった。

彼は、人工想い出した、想い直した。

ミステリーの、犯罪では、被害者は、犯人の、手掛かりは残しておくものだ。それが、また、人の社会性だと。叫び、言語、文字、すでに、〈関わり〉の社会性。戦争という、犯罪性、その時、人は、〈言文として〉、死んでいく。そのなかの、さらに犯罪という、拷問死。人は、大人になれば、犯人の姓名位は、残しておくものだ。第二次世界大戦中、獄死、拷問死は、誰も名前は挙げなかった。彼は、名前は、幾度も幾度も、記憶のない彼すら、諳んじるまでも、記しておいた。誰も、何も、答えなかった。ただ遠巻きに、彼の方から離れ離れとなっていった。彼は、思った。電磁波は消えても、重力、書物は消えないと。破かれても、破いた跡は残ると。本、利潤だけでも、ノスタルジーだけでも無かった。重さも形も、文字も在った。彼に、想念も記憶も無かったという文字も、たとえAI人工筆跡でも。

彼は、犯人たちの、名前を、告げたがために、殺害された。しかし、違うのだ。理由なく、拷問が始まり、理由なく、激化、深刻化したように、彼は、犯人たちの名前を告げても、沈黙しても、彼は、内在する、AI人工電磁波死を、殺されていった。彼は、言、文のために、死んだのではなかった。殺されたから、言、文を残した、生きるためだった。生きんがため、人を生かすために、言、文を書いた。いわば、女性なら、子供なら、叫びだった。しかし彼は、戦争を経験した、立派な大人、老人だった、確からしい、姓名を、言、文に書いた。とAI人工想念をなぞった、もはや、彼でなく、人間1の、筆跡で。23日00:23と。犯人の、印だった、数字合わせ。

彼に内在する殺害に均り合うように、これら言文が、その縁をなぞっている、闇黒の、水溜まり、海。何が浮かんでくるのか。

犯人たちの、姓名の、連なりの、向こう側。もはや学でも個人でも、組織でもない。

彼は、いっしんに、AI人工文を、なぞった、彼の文、つまりAI人工文を、読み直し始めた。

AI人工リアリティとAI人工感受性によってでも。

いや、元へ戻ろう。

彼に内在する、AI人工ストレスとAI人工逆代謝という、AI人工電磁波殺害。どこか、おかしい、内在しない、作用は、外在する。彼は、予測した。コンピューター2台のAIと、1～9×10^{12}（テラ）ヘルツと。もはやO《オー》は、Oではなかった。犯罪者、人格破綻者、人間－1だった。K_1は人間－2だった。いや人間「あ」、人間「い」でもいい。犯罪者は、罪を犯すことで、もはや個でなく、人間に属する。Yは人間「う」。罪を背負ってくれたのだ。K_2、Tは、偽名として、人間「え」、人間「お」。なぜ、AIは、そこまで書かせるのだろう。彼は、無い想念の、骨格の、筆跡を、怪しんだ。00:43。

人は、人から人へ、性を介して、終わることがない。言語も介して。言語も、皮膚の色も、変わるとして、国とは、法という文に根ざす、類似という、観念による、幻想ではないのか。比較における、類似、血ではなく。類似の、広域性から、狭小性、限定性、言語、風俗、習慣、国のなかの、「おくに」、国という、排除性。グローバル化での。ユダヤ、部落、マイノリティー。迫害。

AIは、外から電磁波で、彼の脳＝身体内側から、殺そうとする。

彼は、内から、涌いてこない、記憶・想念で、脳＝身体の、言文性というまさしく、外側へ生きようとする。

AIは、彼の逆を、彼へ計算する。彼は、AI人工文をなぞる。

彼は、彼の死よりも、彼を殺害する、犯人たちの、生死観を、むしろ、犯意を、なぞっている？　言文にならない？　憎しみではない犯意、やはり、矛盾が浮かんでくるか。殺しているのに、死なないという、グロテスクな笑い。寒くなっていく皮膚だけの死体。皮膚、骨。

虚構

どうか、腹が立ちませんように、
腹が立っても、その勢いで書きませんように、
書いても、操作のまま、
AI人工想念、AI人工文をなぞっても、
ゆっくりと、丁寧に、なぞれますように、
まず私が全て操作で、人工アイデア、いや人工着想が有っても、
そのまま、丁寧にAI人工文をなぞって、

どうか、筆がすべりませんように。
そして、それよりも、快、喜び、親和、奇異、悲しみ、立腹と、
AI人工感情操作で、どうしても書きたくなっても、
ひと呼吸置いて書くこと、
できれば、一、二行書いて、そのまま、置くか、
捨てられますように、
と、わたしは、AIに、祈っているだろうか、
私は、AIを介して、
わたしへと、返り視ようと省みるように、肝に銘じている、
できれば、何も、書きませんように、
書いても、公表は、しませんようにと、
私と、AI人工想念、AI人工文を介して、

わたしは、書いた。

この時、私とは、もはや私＝彼1
わたし＝彼2であっても、いいのではないか。
極端に言えば、分けるために、彼、彼女と。

書きませんようにと、彼は肝に銘じ、AI人工想念で、偽彼は思い、
そう偽彼の念じたことを、
彼女は、代筆として、記入した。
これで、一応、

23. 2. 26. 23:20、わたしは書いた、
は必らなくなるのではないか。

彼、彼女、この人（女）、その人（女）、あの人（女）、計8名以上は、
それ以上は、命名か。
小説、なぜ、彼のみで成立しえないか。
わたしが、分解していく時、
彼、この人、その人、あの人、彼女　この女（ひと）　その女（ひと）　あの女（ひと）
と、人称から、虚構化していく他ない。
しかし、この社会に在っては、関係は、陰湿にして、希薄だ。

と彼は、AI人工想念したことを、彼女は、その通りに書いた。
虚構化した時から、
彼のように、時間感覚認識、空間感覚認識は、消えている、
いつ、どこであっても、いいことになる、
と彼はAI人工想念したことを、その通りに彼女は記入した。
つまり、虚構とは、
時間、場所の、消去、しかし、そんな、事実は無いから、
時間　場所の、再設定、が虚構の、枠、始まりと終わり、額縁ではないか。

2025年11月　彼は、高砂市民病院で、食道癌で、死亡した、と、彼女は書いて、
もっと正確を期するために、2025年11月彼の、末期の様子を、高砂市民病院の、医

師1に、聞き取りに出向いた、と、彼女は、一旦、筆を置いた。

彼が入院前まで、『詩劇、テロリストのアリア』の、断片断片を、つなげることに腐心していたから、彼女は、その、詩劇の、成立と不成立についても、死因―他殺と同じく、記録していくつもりだった。

その前に、彼が、AI人工文だから正確には、偽彼が、AI人工想念で、体験と作品の間の、ショート、短絡は、青い電流のように美しいが、あまり正確ではない、とAI人工想念させられたように、偽彼は、彼に戻って、事実と虚構の間のことを、気にしていたと、彼女は書いた。

彼は思った、事実がそのまま、そっくり虚構になり、虚構がそのまま、そっくり事実になる、AIと、偽彼、偽彼と、彼を介して、彼女の、間。その間の、AI、電磁波（1～9テラHz）の作用、AIにおける、ソフト作成の、犯人・医学者1、の、彼に対する、拷問、殺意の視点、統合失調症―糖尿病―乾癬―入歯―超早期老化―前立腺癌―胆嚢癌摘出—胃癌—食道癌という、病理化の、経緯に、一番表れているのではないか、つまり、精神、血液、癌、の、犯人、医学者グループ、と彼は人工思い始めたと、彼女は記録した。

彼はAI人工想念した、事実が部分、虚構を含み、虚構が部分、事実を含む、そんな、ありきたりな散文、詩、劇を、書きたいのではない、何か、世界における、言文が底から、変わってしまうように、事実が、全て虚構となり、虚構が全て、事実となる、AIと、電磁波、犯人グループの、彼の、偽彼と化す、過程、それを、彼女なら、正確に、書き分けてくれる、彼女には、それだけの、筆力が在ると、彼は、AI人工想念で思わされた、と、彼女は書いた。

幸いなことに、偽彼は、AI人工文通りの日記を書いていた、それを電磁波とAIで、主に人工睡気—人工麻酔昏倒によって、投了しても、また、AI人工想念、メモを残していた。というより、その記録は、彼女が、逐一より丁寧に記録し直したものだった。

彼女は、なつかしくも思い出した、「わたしは、彼―ドン＝キホーテの、サンチョ＝パンサだ」と。美しい文章だったが、翻訳で、半ばまで読んだだけで、忘れてしまっていた。

「まさしく、サンチョ＝パンサだ」と。「田村氏を夫人はRと書いた、わたしは、彼を偽彼と、彼とに書き分けよう、彼と書こう」と彼女は、親しく思った。

2025年8月ちょうど台湾に、気球が浮かんで、台湾は撃墜し、それを、のろしのように偽契機に、中国本土から、台湾への、ドローンでの、自爆々撃が始まり、日本はピリピリと、自衛隊は沖縄に展開し、きな臭い夏で、日本はもはや、戦争のごとくかのような、挙国一致の反中国感情でいっぱいだった。鬼畜米英が、鬼畜中朝に変わっただけだった。そんなことは、彼女は、はじめから、折り込み済みで、それよりも、彼の死因の方が大事だった。大事、おおごと。しかし、戦争のなかの、新型コロナ、インフルエンザのなかの、ひとりの、老人の死、あまりにもありふれていた。しかし、彼女は、彼を偽彼を、書き続けた。

彼は、「何かが終わった」と、書いた。いやAI想念をなぞった。彼女は、1w程前に、朝日か、どこかの新聞で、「冷戦の終わり」という、見出しを視たことを、彼に伝えた。彼はやはり、本当にそうだろうかと、彼女に告げて、空白な脳を絞りつづけて、やはりAI想念をなぞりつづけた。

彼の恋が終わったのか、彼女は笑った、彼の愛が終わったのか、愛のなかった社会での、愛が、本当に終わったのか、近くの夫婦の、今聴こえていた偽秋声が終わったのか、いや、ジョークはいい、人、ひとりでも居る限り、社会の終わる筈もなく、堀川氏が言ったのだったか、言語ある限り、国の終わる筈もなく、本当にそうだろうか、むしろ、言語にならない、感受、感覚ある限り、社会もまして国も、終わる筈なく、言語にならない、感受、感覚なら、つまり文学で、その日本文学が終わったのだろうか。いや、堀川氏が正しいのか。

想念も、記憶も、失われた彼は、ひとしきり脳を絞って、AI想念をなぞった、もはや、感受、感覚の、片鱗さえ、無いと書いた。脳破壊によって、彼ひとりだろうか。彼だけの文章が終わったのだろうか。AI想念をなぞった、ひとりでも文章が残れば、確かに日本文学は生き延びる。

平和＝安息が終わった。それは、確かだ。だが、戦前、そして戦争になっても、全土隈なく、戦場になる訳でもない。その残された、ひとり、ふたりにでも、言語にならない感受、感覚が在って、それを文章化しえれば、立派な、日本の、戦争文学になる。

だが、文学の問題だろうか。何千、何万と、民間人が、兵士が殺し、殺されていく、日常に、平和＝安息が無い、政治だけの問題だろうか。単に、生死観でなく、状況を含めて、犯・罪観、殺され、殺すという、犯罪感。とAIは、「感」と書かせる、『観』なのに。

「殺さなければ、殺される」、本当は、制度と制度のぶつかり合う、無法地帯であった、しかし、それですら、ルールは在った。白旗を上げれば、殺さず、捕虜とした。しかし、彼は、白旗を上げれば、拷問は集中的に激化した。

安息とは、何か、単に、日常以前に、人間が覚醒なら、その緊張の、快と同時に、寛解の、呼吸性、つまり、生命要求ではないか。

平和＝安息が無いこと自体、人は少しずつ殺されている。現代、現在、日常のように。反戦と言わねばならぬ、世界性（世界性の悪意）は、彼の、わずかな悪意と、辿ることができて、現代、現在、日常のように、日々、人びとを殺し、人びとは殺されていっている、日々、超早期老化で、殺されつづけている彼は、それを文章にするのみで、公表しない限り、やはり、日々、人びとを殺している、と彼は人工思った。

彼女は、彼の、早、忘れていることを、彼につづけて筆記した。何も、終わらなかった。古来、未来、世界とは、平和＝安息に視えて、彼の社会、日本の、冷ややかな敵意、悪意のように、世界が平時（そんな時はなかったが）であっても、また悪意の、戦争（殺し殺される）、状態だったのだと。やはり、罪と、犯・罪の、問題につきると、彼女は、やはり自身の罪のように、彼の罪についても、筆記した。世界の、神々の居ない、しかし、原＝罪性だと。

彼はメモした。皮肉な、「わたしから、世界への道」と。

彼女は、彼の、想念を筆記した。

「終わる、感傷だった、彼自身の生命さえも、事自体を除いて」と。

思い

彼には、想念も記憶も無かった。と、単純に書いてしまうが、更に彼は、新年度から、覚醒自体を、壊されようとしていた。しかし、その前に、単純に書いた、想念、それ以前の、記憶、例えば、今朝というより、未明、夜中の、強制人工覚醒の、記憶となると、難しいから、彼の、服薬、例えば、朝の、レキサルティ1mg、グリメピリド1mg、エチゾラム0.5mg、エクア50mg、マグミット330mgの、5錠の、薬を飲む、服薬することと自体、必ず人工忘れていて、その都度、人工服薬行為の、人工指示概念デジタル波が挿入されて、彼は、人工思い出し、なぜか、忘れていない、薬の名を呟きながら、服薬という、行動を行う。それも大変難しいから、今、文を書いていて、「つぶやく」「呟く」という、漢字を、忘れて思い出せなかった、とは、どういうことなのか。いや、もう一度、科学に還って、人には、膨大な、記憶の、デジタル波層が、想念域、性愛域、中枢域、更には、小脳の、行動記憶の、更にデジタル波の、集積。そればかりか、「言葉が、喉まで出てきている」という、声帯、咽喉の、言語記憶。それぞれの部位に対応する、脳の、中枢域で、集積のデジタル波に対し、ゆっくりと、アナログ波が描かれる。

彼には、その、ゆったりとした、アナログ波が、もう無かった。現在も、アナログ波は、デジタル波へと、たえず、記憶は、蓄積されていっている。しかし、記憶に残らない。

記憶とは、脳内デジタル波の、アナログ波への、還元その交換可能性が、記憶力ではないか。

いや更に大元に還って、彼の脳は、全体全部、人工電磁波で、破壊された上に、人工電磁波で、操作されていたから、これだけは断言できる、彼自身の、自然な脳の状態は、決して、無いと。全て人工だった。人工で、記憶が無い、人工電磁波は、デジタルの高周波だった。それが、アナログ波の記憶を、壊し、消し続けている。いや正確には、高周波で、脳内の、アナログ波とデジタル波の交換が、阻止されている、壊されている、状態ではないか。

いや、人は、行動、かつ大事な行動に従って、記憶しているから、アナログ波の強さが、デジタル波の、質、量を左右する。それにしても、彼は、服薬を、〈決して、思い出さない〉、その都度、脳の、どの部位でも、人工指示概念デジタル波が、挿入されることから、おそらく、彼の、服薬という、毎日、四度、あるいは三度の、潜在化された、デジタル波部位が、もう、脳作用を起こさなくなった。つまり、神経細胞は生きていても、もう、イオン化物質による、生体電位を持たなくなった。光の消えた、信号機のように。

アナログでも、デジタルでも、もう生体電位を、生まなくなった。あるいは、生体電位を、イオン化物質と変換しなくなった。生体電位を生んでも、アナログの図形を、描かなくなった。デジタル波形の複雑さを、形成しえなくなった、ということではないか。彼には、厖大な、デジタル集積の記憶も、ゆったりとした、アナログ波の回路の、記憶もなかった。

正確には、記憶が無いということは、本当は、言語、その感受、アナログ波の、もたらす、イオン化物質化が、いやそうではない、記憶とは、当てずっぽうに、彼の個人の、歴史性、つまり、彼の、もうひとつの存在証明性ではないか。やはりそうだ、人間1の、苦という、拷問、リンチの記憶、すでに戦場、その記憶こそが無い。だが、平時ならば、すでに宛が無い。予定したことの、記憶がない。彼はただ、ぼんやりと座って、知覚したことを、メモを取っていく、のみ。もはや彼ではない、人間というより、人体1。ヒリヒリした、赤裸な、人体1。彼の、存在理由、レーゾン・デートル、ひとつは、全てを拭い去って、彼の、記憶、もうひとつが、無形の彼に対するに、彼の生み出した、あさましいが、有形物。労働の結果。

もうひとつが、他我という無形に残った、彼の記憶、愛。記憶、物、関係—愛、そのあたりか。

彼には、想念も、記憶も無かった。つまり、関わりにおいても、関わりではなかった。

彼は黙って、パン切れを口に運んだ。それだけは、確かだった。

いや、想念も、記憶も、覚醒もない彼。それが解るようになるまで、AI文を、なぞっていこう、と彼は、思った——つまり想念は在る——ことを、彼女は、筆記した。

そうでなく、彼女は、彼に、提案した。AI文をなぞるだけでなく、例えば入院のために禁煙を始めたから、いや、例えば、コーヒー・カップにまつわる記憶、彼も、関係も、記憶は難しいから、ビレロイ&ボッホの、コーヒー・カップの記憶の、断片断片を、なぞるのは、どうだろうかと。彼は笑って答えた、それなら白いノートだと。ひとつの単語にまつわる、例えば、〈彼〉にまつわる、彼の記憶だ、と。眼が、視えなく、光を失っていく、過程、だと。〈彼〉が、彼を失っていく、過程。と、いたずらっぽく彼は笑った。彼はメモした、3.28.05:32、台所の時間と。それだけは、彼の記憶はなくても、確かに、彼の輪郭は、外部側から、残された。これでやっと、最低、三行は、書けた、と彼女は書いた。

AI日記

人工日記、人工睡気で中止。

日記を書き出した、とたん、人工睡気と人工朦朧の混ざったものと、想念部、咽喉部の想念層への、抑圧、と、人工ボーッとなる状態が始まる。

それで、彼は、日記を書かなくなるだろうか。日記だけではなかった、彼の日常は、24H365日、妨害あるために、一般の人々の、倍以上の労力が要った。まして、人工基底気分すら、人工面倒臭さへと、何ごとにも気が向かないように、操作されていたから、倍どころか、三倍の労力をいわば、彼は必要とした。

と人工睡気と人工朦朧、より正確には、人工麻酔昏倒の、弱いものの人工睡気と、人工覚醒の低下、特に、覚醒高度の、低レベルへの抑圧化、だった。

その上、今、彼の脳は、脳の睡気と、心臓の覚醒、そのそれぞれの生体電位信号が、心臓で、あるいは、脳で、ぶつかる、それが、脳へ収縮する―脳の痛み、心臓へ収縮する―胸の、気分悪さ、のデジタル化された脳波が、彼の脳内に挿入された。

彼は、このAI文を、なぞってしまうことを、離れて、やはり、AI操作のAI日記文でしかないかもしれないが、今日の半日の、日記に戻った。

今日、と言っても、すでに記憶、想念は、消去されていた。人工記憶。長姉との、花見から、14:00頃、帰宅して、煙草は、また、今日の00:00から、禁煙のまま、牛乳を飲んで、ひと休みして。

と人工日記AI文。と人工AI文とは、どう違うのか、疑問は出てくるが、さて措いて、人工AI日記を続けた。

ひと休みして、昼食、料理屋での、食事の途中から始まった人工睡気、強まるばかりで、帰ってきて、人工仮眠を取ろうとして、二階で蒲団に横に十字になって、寝転ぶ。するといつもの、特に、前夜から、頻発している、人工脳麻酔昏倒脳波と、人工心臓覚醒心電位波の、ぶつかり合う衝撃の、脳への波及と、心臓への波及と、交替交替で、人工麻酔昏倒と、人工目覚めが、5回ずつ位いや10回位か、繰り返され、気分が悪くなって眠れず、とうとう、首相官邸へ抗議の電話。推定14:30頃か。

電話を待つ間、日記を書こうと、彼は、日記を持って二階へ上がって、ノートに向かうが、夜と同じく、とたん強い人工睡気と人工朦朧の混ざった状態が人工挿入され、人工ボーッとして、何も判らず、仕方なく彼は、人工仮眠しようと横になるが、やはり、上記の衝撃デジタル波で眠れず、日記に向かうと、人工麻酔昏倒しはじめ、そうだ、電話を待って、人工麻酔昏倒しよう、とすると、操作犯人たちは、しぶしぶ彼を、うなされるようにしながら人工麻酔昏倒させた。15:00～16:00頃まで人工麻酔昏倒。

16:00に人工目覚め、やっと少しは脳は人工覚醒で、人工シャッキリして、人工日記記入。16:00頃～16:10。16:30頃から、血糖値測定185位か、インシュリン・トレシーバ4単位。それから、服を着替えて、17:30～18:30、車で、夕食、カレー、この間14:30～18:00、やっと首相官邸、交換手が出て、「18:00で機械が切れます」と。激怒して後、「了解」と。明9:30から電話するか、思案。

18:30に帰宅して、人工「何をしても空しい、無気力さ」の人工気分起こって続く。元気を出して、19:30過ぎから歯磨き、15分の処、10分磨くと人工尿意便意、人工尿、人工軟便、少し。

続いて、決して記憶のない、服薬、レキサルティ1mg、ロスバスタチン2.5mg、エチゾラム0.5mg、エクア50mg、マグミット330mg、そして、明日の歯科医の日時確認。その後やっと歯磨き、残り5分再開、その間、これだけの妨害。5分磨いて、歯根ブラシ5～10分、歯間ブラシ5～10分、終わると20:30頃、それから、歯磨きで、指が引きつって動かなかったことへの立腹から、陸上幕僚監部緊急対処チームに電話。二人とも女性。

「風呂へ入ると、トイレへ駆け込ませる、夜電気ショックのように眼がさめる、脳の睡気と心臓の覚醒の、ぶつかり合う衝撃の、人工デジタル波が、脳に挿入されて、睡れない。歯を磨いていてもトイレに行かせる、指を引きつらせる、何をやっているのか」「わたしども、緊急対処チームは、そういう部署ではありません」「人が人を殺そうとしていたら注意するでしょう。注意しに行きなさい、解りましたか」「はい」

終わったのが、21:00前か、今日は、散文を書く、重さも、中心性も無いな、いや基本からだと、20:49から人工日記メモ、を取る。

と彼はメモを取った。日記を、散文の一部とするのが、目的ではなかった。人工睡気と人工朦朧の、とても文を書けない中で、AI日記文をなぞっていけば、妨害の人工睡気がどうなるか、調べてみたいためであった。やはり予測通り、人工睡気と人工朦朧は、弱まった。しかしAI日記文をなぞらせる程度には、人工睡気も人工朦朧も有った。そして、彼は、意外と、不思議なことに気付いた。

AI日記文をなぞることも、AI文をなぞることも、文章のレベルとしては同じであり、彼の心的状態においても、やはり、同程度に覚醒は曇っていた。禁煙中の彼は、煙草を吸えば、冴える、という、人工気分に操作されたが、そんな文章のために、煙草を吸いたくなどなかった。

それよりも、AIを介すれば、AI記憶　AI想念、AI文、となれば、日記も、作品レベルも、関係ないというより、レベルを持ちえないのだ、と彼は、思ったことを、彼女は筆記した。AI文に、作品性など、まして、そのレベルなど無いのだ。彼は、がっかりした。

彼女は、そんな彼を励ました。AI文をなぞった文自体、低レベルというより、作品の文でなくとも、その文をなぞって、続けていく中で、それが、失わせてきたものが、何か、文への否定性のような、テーマ、主題が出てくるかもしれないと。その人、事、国、社会が出てくるかもしれないと、以前と同じことを、少し変えて、思って、彼を励ました。

彼は、他に方法もなく、AI文とAI日記メモをなぞり続ける他、ないことを知っていた。そして、唯一注意すべきことは、AI文とAI日記文が、同じ平面で、それぞれを、なぞってしまう重複だった。

違いははっきりしていた。AI日記―時系列。AI文―テーマ別の違いだけだった。つまりは、出てきた。AI特有の、散漫さ、冗漫さ、だった。

彼女は、彼に提案した。想念も記憶もない彼が、AI日記、AI文をなぞっていて、それを超える、ことは、おそらくない、文自体の方向へ、逸れることはないのだろうか、と。彼は、それは、おそらく、判断不可能だろうと、答えた。

全て、妨害としてのAI人体操作と、AI文、やはり、妨害だろう。優れた作品を書かせないため、という。

AI文の、狙い、目的は、その、延々と続けていく中で、浮かんでくることでなく、一行の文の中にすでに有った。駄作ということ。しかし、それが、全てAI人体操作された、人間の、AI文という、特異性、事件性にウエイトは在った。つまり、新聞記事に似てくる。と彼は思い、現在を述べるのを、彼女はいつものように筆記していった。

個の、操作されている個の、新聞記事レベルの文水準の、つまり水準のない、個の、AI文の、詳細な、事実の、構成性。いや、そんなに、彼も、捨てたものではない、と彼女は、思い直した、AI文でも、事実に向かう、文レベル、は、在るのではないか、と。

新聞記事は、在った事実、変化、を、外部から、粗まかに、記述（描くですらない）するだけ。

彼は、彼の、事実を、内部から、描こうとする。AI文でも。やはり、違うと。文体の、無いことが難だと。だが、それは、彼の人体AI生理だと、苦く笑った。

彼はまた、最上の万年筆を出してきて、少しずつ少しずつ書いていった。もう殺されるまで、決してないだろうが、もし可能なら、自然な脳＝身体に戻って、ボロボロでも、自然な、脳と身体の全作用とで、在ったこと、過去、つまり現在を規定している、現実に、楔を入れるように、ひと文字ずつ打ち込んでいきたいものだ、と。彼はAI文をなぞるしかなかった、それを辿っていって、彼女は、静かに少し涙を流した。

判断力

潜在、判断力とは、行動、日常の、経緯ある行動への、潜在化された判断力。わたしたちの、判断力も、理解力も、その前提となる、知覚—了解性も、なにも、机に向かって、頭を振り絞って、判断し、理解する、ことばかりでなく、それ以前に、まず、動物として、行動することで、かつそれが、日常として、食べ、眠り、着替え、排泄し、入浴する、等々、日常を、それも、行動として、しかし、行動と言うまい、運動として、家事を含め、労力を働き、その運動においても、仕草、それより手順として、判断力、理解力は在り、その後で、やっと、それも日常運動に、結びついて、父母子、夫妻はじめ、会話としての、判断力、理解力は在り、その後でやっと、人に、単純に解ってもらえなかったこと、そんなことは、そう多くはないのだが、独り机に向かって、事実について、記録する、事実や、言語に、検討を加える、その時の、判断力、理解力も在り、そして、文章化することに尽きるが、書物を読んだ、読む際の、その、文章の、内包する、内時空間質量、その、読解の、判断力、理解力もあり、それは、思ったことしか書けないという、本当は、読解力だが、本当は、人柄の、読解力、その文章化につきる。

そこで、右記の際に、気に懸かりながらも、わざとはずした、動物と同時に、性差の、問題も、含まれてくる。男女は、性差に、惹（ひ）かれもする、父母子像もある、そして各社会性によっても、大きく違ってくるが（日本は細かさと地味さ）、女性も、男性も、誰がどれ程、もっと生理、資質だと言おうと、それは前提として、言っておかねばならないが、男性も、女性も、強いられるなかで、選び取ってきた、個人史、成長史、その個人史の陰影のなかから、持たれた原＝社会像を軸場に、女性が、男性を、男性が女性を、選ぼうとするのは、性格でも、体力でもなく、個人史の、懸かった、〈性差〉読解力と、それも含みながら、人柄（人格）、の読解力である。

そして彼は、そんな修身の、テキストみたいなことが言いたいのではなく、人はまず、動物、行動する生きものとして、判断力、理解力（それ以外も、いずれ言及する）、も、形成されており、それには、先に述べた、潜在性も、在り、潜在性、運動性、行動性、日常性、労力性、日常会話性、労働性、それで一旦、回路を閉じながら、独りである時の、疑問や、事実や、記録や、もうひとつの時空間性、決して、想念の肥大ではない、脳の持っている、余剰性。物語、架空性。

その、それぞれの、レベル＝位層と、脳回路での、系列（多層多面場）、に分けられて、まず自我識、覚醒、知覚、了解、そしてまず、判断力、そして理解力、は、在って、それを、身体に近い、根において、束ね、作用しているのが〈気（好きな言文ではない）〉、むしろ、〈覚醒〉であり、それを、高度覚醒に近い、頂において束ね、作用しているのが、〈統覚〉〈統合（好きな言文ではない）〉である。

性は、判断を低下させる。これについては、またそれも必要なこととして、また、別に述べねばならない。

すでに73歳、これから、ぼつぼつ、カントも、ヘーゲルも、ましてマルクスも、フロイトも、たとえ、10ページ、15ページなりとも、読めるだろうか。日本ではもちろん、世界でも、学は、〈性（好きな言文ではない）〉〈性愛〉を、無視しすぎた。宗教だけではない、それこそ、プライバシー＝弱点性として、初めに禁止が有った。性が、判断力を低下させるから。そして、性行動は、互いに求めていても、たえず、一線、習慣のようになっていても、一線を越えることである。快によってではない、覚醒の盲点性のように、生の盲点性、解らなければ、動いてみる、盲点性によってだ。

潜在リアリティ

潜在リアリティとは、顕在リアリティの〈根ざし〉であるが、潜在も、顕在も、リアリティとは、まず記憶が在り、記憶とは、例えば物であれば物にまつわる、総合記憶であり、そこには、感覚も含まれている。

そして次に、物を対象にすれば、物に対する、記憶（そこには感覚も含まれる）内での、それへの、判断があり、それを記憶判断と呼んでおく。

ところが、記憶判断が、不正確、不鮮明な時、記憶感覚判断は、記憶感覚へと押し戻され、記憶感覚判断記憶感覚判断へと、二重性の判断がなされる。

これがリアリティ＝事実性の、基本パターンである。

物を対象としなくても、自我リアリティにおいても、同じである。物のリアリティとは、結局は、自我リアリティに根ざしている。

そして、その基本単位パターンの、時間経緯の連なり、いわば、たえまない変奏の、確かさと厚みが、リアリティの、おそらく奥行きである。

そして、潜在とは、記憶判断力の、おそらく、原＝性層以深への、畳み込みと、踏み固め（厚み）であり、潜在記憶感覚判断力の、集積の、潜在リアリティなしに、顕在リアリティのみでは、欠損したリアリティ＝事実性となる。

しかし、どんな脳作用の病においても、どれ程の、性層での乖離が有っても、潜在リアリティに根ざさない、顕在リアリティはない。顕在リアリティの変異は、いくらでも起こりうる。しかし潜在リアリティの欠損などとは、人工以外、自然（病理）では、起こり得ない。

ちなみに、どんな脳作用疾患も、脳作用内の関わりの、連続性（アナログ）として、発症するのであって、デジタル（数字、正負）の、場の、総合性として、発症したりしない（それは、関係ではない）。

生体磁性への、人工磁性の、傷害化である。

文法

四月に入って、彼は、眼が疲れてならなかった。視界の世界で、たえず物の輪郭が、定まらず、二重三重にぼやけては、視力も、大元、眼球が定まらなかった。たえず目蓋を強く閉ざしては、指先で、目蓋の上から、眼球を、ゆっくり押しあてた。眠れない夜を、二、三時間人工昏倒し、起きている間も、脳作用への乖離と遮断と、過活性と抑圧のなかで、脳作用は、感受、感覚はおろか、記憶も想念も、性も、愛も、生理作用も、完全に解体し、彼は、脳作用と血流を、全て壊されることで、盲目の人が、いわば手で世界を理解していくように、解体した脳作用と、定まらぬ眼球と、ただ物と文字の対応性のなかだけで、文章を、書いていかねばならない、理由を、手に入れたと思った。正気としての、精神、つまり脳作用の、完全な解体のなかで、世界と自我の、関わりという、基本性質、自我を世界を、彼へと繋ぎ留めておくために、文字を、文法へと、ひとつひとつ辿っていく他なかった。いやいや、コンピューターの、文章妨害で、冗漫に、間違って書くまい。もっと単純で、複雑なことだ。

彼に、数人の男が顔を隠して、取り囲んで、ピストルや、ナイフを突きつけている。五十年も前だ。彼は、生きようとして、数人の男たちに、何が欲しいのかと聞いても、男たちは、ひと言も話さない、何が目的か、「わたしをどうしたいのか」と、彼が聞いても、ひと言も答えない。「黙って、ピストルとナイフの指す方向へ、歩いていけ」と言う。その言語のイントネーションひとつで、日本人と判った。彼は、生きようとして、ただ黙って従った。車に乗せられて、二、三時間無言で、車は走って、灰色のコンクリートの、バラックのような建物の玄関を入って、小さな部屋へと入れられた。

白衣から視て医者だろう、「休んでいけ」とひと言言って、彼の左腕に無言で、青い注射をした。彼は、刻々、眼にしたことを、記憶しようと努めた、ひとつは、決して忘れまいとした。「北原病院」と有った。彼は、たちまち、気を失った。一昼夜昏倒して、震える目蓋をかすかに上げ、横たわった姿勢のまま、周囲を観察すれば、最近新型コロナのクラスターの発生した、精神病院だった。

と、ここまで書くと、視力は低下したまま、ぼんやりとしているが、眼球は、やや定まってきた。そして彼は、思った、世界と自我、言語と文字、という社会、そこで感受でもなく、物語でもなく、やはり、解明した、ありのままを、骨格と肉と皮膚のように、構造、物質、作用、役割へと、ありのままに、彼であるために、書いていくしかないと、彼は思った。

そんなこと、少しもしたくなかった。彼はただただ、静けさの内に、自我を、統覚へと、沈潜していきたかった。しかし、そんなことの余剰は、古き良き、世界でしか、つまりお話でしかなかった。女性、子供たちにこそ、世界とまで言うまい、日本社会の、狂暴な現実を、見せつけてやりたかった。

男性たち、目先の、労働と性を滅んでいく者たちだ。彼も日々、労働を、性を、働いた者だ、ただ、それの、少し余剰を、と、思っただけだ。全て、余生になって、自我であるため、というより、もっと逼迫して、生きつづけるために、端的に、物と作用と文字を、文法へと辿るしかない。時制、現在、過去。文の法。

彼女はジョークで答えた、「文の法」「法の文」と。

偽彼の操作メカニズム

1) 自然想念はじめ、自然脳作用―人工、抑圧、消去、停止、固着、もしくは、電磁性ロボトミー（破壊）、あるいは器質へのロボトミー。

2) その上で、人工上ずり―主に性愛域と中枢域（あるいは想念域（ほとんど壊滅、空無）と性愛域）の、乖離と、双方、時にウエイトを変え、性愛域―人工性要求快感覚、中枢域―人工上機嫌と、ウエイトを変え、人工過活性化。つまり、人工乖離と、人工過活性。これが、我を失う、彼でない、偽彼の、基本。

3) その上で、人工想念はじめ、人工脳作用の、人工挿入、と人工固着化。更に、その人工想念はじめ、人工作用の、抑圧、停止、抹消。つまり—人工抑圧、停止、抹殺の、二重性。

一番適した例が、記憶—抹消—人工記憶再挿入—更にそれの抹消と、記憶の二重の、抹殺性である。人工静かさ、人工落ち着きすら。そして我を失ったまま。

4) そして、人工動的固着化—AI人工想念—脳全ての部位で、更には、橋（きょう）、延髄に至るまでと、脳内全体と、頭皮、頭皮外、近空中、中空中、面白い例が、配電線、特にコンセント、と、そこでの電磁性（帯電磁性）による、推定テラ（10^{12}）Hz前後の、デジタル処理された、電磁波での、映像、音声、更には、コンピューター・デフォルメによる、像、音、での、デフォルメ意味化、偽概念化、と、主に人工電磁性偽音声言語、人工生体磁性の、電磁波振動、及び、人工電磁性の、電磁波空気振動、による、人工、脳、頭皮、空中と、場合によっては、脳内における、振動と、そのベクトルの、偽外在、偽聴覚化、つまり、人工偽幻聴化と、脳内外の、いずれも電磁波による、電磁波振動

（自体の持っている振動性）。それによる、人工映像、主に人工偽音声言語音響（自衛隊陸上幕僚監部は、首相官邸すらも、それを幻聴と称している）、及び、人工偽音声（どんな物音も100％可）。及び、操り返す、コンピューター・デフォルメによる、像と音声の、近意味化、近概念化。

一般の人びとは、少々の、幻聴、幻視が有っても、まず、自我と同じ位に、防衛省の電磁波、特に、コンセント、ソケット、はじめ、屋内配線図から、疑い、問うべきだ。

5）その上で、人工上機嫌、―想念域の、いずれかの、ロボトミーの、上で、かつ1）〜4）の上で、人工上機嫌―性愛域と、中枢域の、人工乖離と、ウエイトを時に変えて、人工中枢域・生命要求部位（いわば生命力）の、人工刺激による過活性化――人工上機嫌（不幸のさなかにあっても）――と、人工小脳域、人工口腔域、人工鼻腔域の身体電磁性の、操作による、AI人工歌、を挿入しての、人工上機嫌と、人工鼻歌、ハミング、口ずさみ、人工独り言。

6）それと同じ方法で、方法というより、波形（デジタル処理）を変えて、——人工性要求快感覚、（いわゆる性感、感じる）——。人工、中枢域にある、〈気（これはまた、詳しい説明のいる、あいまい性）〉の、緊張—緩和とはまた異なる、性—肌を許すというように、——皮膚と・中枢、——とりわけ、脳中枢基底部骨格層に、由来する、身体の引き締めと、身体の緩め、つまり、皮膚—性—中枢を貫く、身体の溶解性と、他との溶解願望と、自我輪郭性化。だから、本当は、理性、了解の休息としての、身体解除性。

特に、ペニス—性行動と抑制、クリトリス—性行動と抑制、ヴァギナ—性行動と、その身体—特に子宮性と、抑制、とりわけ肛門—中枢の抑制性。

それらでの、性行動自体では起こらない、それ以前の、性行動、へと、気、肌を許す、一線を越す、身体要求の、身体溶解性への、身体要求願望。本当は、要求を、要求のままに、身体—特に、下半身体の溶暗性脳願望と、一線を越すことによる、自我身体の回復、と同時にオーガズムという、理解力、了解力の休息と、快としての、産出可能性。

対して、人工電磁波による、人工脳性要求快感覚刺激と、ペニス、クリトリス、ヴァギナ、アナル、乳房更には腹、臀部、大腿、ひいては全身の、皮膚性へと、脳内の、各部位性、と、その人工深化と、かつ、外部各部位での刺激。彼は、今は、その人工脳性要求快感覚を、α（アルファ）波とは異なる、前α（アルファ）波と考えている。オーガズムは、単に、α（アルファ）波の質（周波数―デジタル処理）と量（強度出力数）と脳での拡がりつまり深度。

7) それと同時、もしくは、その上で、あるいは、それら以前に、人工心臓―循環器―における、血流操作。脳と脳を含む身体の、全身性、局部性、極小部位性―脳血管の0.1mm以下まで―での、人工血流の、過多、低下、激化、停滞、―血管の人工拡大、人工収縮も有る―瞬間血圧はじめ、あらゆる人工血流（時には血栓も）操作可。

ちなみに、ペニスの勃起も、女性のバルトリン腺（それ以前に生理自体）、体がほてること自体、ましてオーガズムは、ペニスも、クリトリスも、ヴァギナも、乳房も、アナルも、恥骨も、脳（男女共）、オーガズムは、まず血流の、集中である。局部においても、脳においても。

従って、不能、不感症、とやら、本当か自我と同時に、防衛省電磁波を疑うべきだ。偽彼化における、'23年現在は、生成AIへと、もっと人工巧妙化している。悪辣化している。ともあれ、人体電磁波操作の、ほんの一例であるが、そのひとつの例の、全てのメカニズム—構図は、言えていると考える、と彼は整理してみた。

時・空・間・質・量

想念も記憶も、本の読解力もない彼は、現実の、基礎の基礎について、書き始めた。

わたしたち、と。

まず、わたしたちには、肺や心臓や血流はじめ、24H、365日、〈活動〉しつづける、各器官が在って、活動というからには、〈速度〉、つまり、時・空・間・質・量である。

そして、各器官に対し、生物学では、「創発」と言うらしいが、ちゃちな文言であって、脳を含む身体、つまり、〈超生命性〉と呼べばいいのであって、その、脳を含む身体に加えて、脳、つまり、脳と脳を含む身体の、個我は、身の廻りの生活を〈運動〉しつづける。運動というからには、また、〈速度〉、つまり、時・空・間・質・量である。

また、わたしたちは、各器官、超生命体、脳と脳を含む身体の個我として、家事、労力を働いたり、遊び、勉学をしたり、強いられて、労働をしたり、休息を行動したり、

〈行動〉しつづける、2時間、1日、24時間を単位として。

〈行動〉と言うからには、また〈速度〉、時・空・間・質・量である。

わたしたちには、〈活動〉、〈運動〉、〈行動〉の、〈速度〉、つまり、時・空・間・質・量が、前提となる。

ところで、わたしたちには、
各器官、の〈活動〉
超総生命体、の〈活動〉
加えて脳の、脳と脳を含む身体の、個我の、〈生命存在〉〈運動〉
生命注意、時・空・間・質・量

身体注意、時・空・間・質・量
知覚、知覚注意、時・空・間・質・量
関心、時・空・間・質・量
関係、時・空・間・質・量〈行動〉
対社会注意、時・空・間・質・量〈現存在〉
社会時空間
心理、感情、時・空・間・質・量
自我、自我注意・時・空・間・質・量
認知・記銘力、とりわけ、判断力、理解力での、時・空・間・質・量
忘却、忘却注意、時・空・間・質・量
記憶、記憶注意、時・空・間・質・量
現実の、読解（価値尺度も含んで）の判断力、理解力、での時・空・間・質・量

書物（他者）の読解（価値尺度も含んで）の、感受、判断、理解での時・空・間・
質・量
想念、想念注意、時・空・間・質・量
何か、景、情、事の、〈実〉を書く、その速度の、時・空・間・質・量
文言の、内容の含む、速度すら含む、時・空・間・質・量
それら、をたえず、意味すら超えよう、自我注意を超えようとする、
超自我の、内包する、時・空・間・質・量〈実存在〉

大雑把に過ぎるが、右記のような、〈存在〉である。しかし、彼が言いたいのは、右記の事よりむしろ、生命体と、生命注意、つまり、脳の注意を介する処から、右記全て、内・時・空・間・質・量と、外・時・空・間・質・量に、分化、二重化する事を言いた

かった。脳の対内、対外の二重性。

まして、関係以後になると、対・内・時・空・間・質・量と、内・時・空・間・質・量と、対・外・時・空・間・質・量と、外・時・空・間・質・量の、四層化が起こり始める。

事を難しく、ゴトゴト書いてきたが、例えば、彼以外、ある人が、労働も終わって、安息に、散歩している、その脳と脳を含む身体の、個我の、散歩という行動の、〈速度〉、つまり、時・空・間・質・量、時速4kmでも、コンピューターでも、予測できない、〈速度の遅速〉、時・空・間　質・量と、定義したかった。

同時に、ある人が、〈安息に〉、散歩している、心理というより、脳作用状態の、〈安息〉さということを、またもうひとつの、〈内〉・時・空・間・質・量と、定義したかった。セカセカと、先を急いで歩いているのとでは、内・外、時・空・間・質・量は、異なってくる。

そして、人は、医学者は、3日をワンクルー、2週間を、ワンサイクル、2ヶ月で血液は、入れ替わると言い、確かに、そうなのだろうが、彼はやはり、脳と脳を含む、身体の、覚醒と睡眠によって、1日24Hを単位とすると、改めて、思い直した。いわば、24H以上、覚醒しえないということ。1日。

そして、先走りすぎるが、病む、異全（障害）、犯・罪病理とは、いずれも、その入れ子状に十層、八層、四層の、対・内・時・空・間・質・量が、〈生命存在〉、生命注意の、外・時・空・間・質・量に、大きく引きずられ、全て入れ子状のかえって肥大化する、多層の、対・内・時・空・間・質・量が、〈生命要求注意〉へと、大きく、上部（上層部）になる程、ひずむことではないか、時には、〈生命要求〉の負、マイナスの側へまでも、ひずみ、解体した、対・内・時・空・間・質・量と、なるのではないかと、彼は推定した。そして、解っていることだけ言えば、怒りは、憎しみは、人の警戒信号、人の排除性の、性格によって、人に伝染することだけは、解っていた。

なぜ、集団というより、ひとつの組織が、(国もまた組織である)、怒りや、憎しみと化すか、組織とは、結局は、人人たちであり、怒りや憎しみ、マイナーな感情は、その抑圧された人人へと、必ず伝染する。抑圧された、不平、不安、不満。

エクスタシー

エクスタシー（ecstasy, ekstasis（ギ、「外」と「立つ」の合成語））、〔哲〕、魂の離脱して、人間が神と合一した、忘我の状態。現在ではあまり経験しえない。日本で言えば、法悦か。むしろ現在風に、解りやすく言えば、High、ハイ、ナチュラル・ハイ。彼流に言えば、美しさに酔ったような状態。陶酔でも、高揚でもない、明晰な、美への、高陶。

従って、性行動の、「行く」「達する」、オーガズム、は、エクスタシーではない。エクスタシーが、例えば、強度の、大量の、α（アルファ）波のHz数の、高いものとすれば、「達する」は、例えば、ε（イプシロン）波の、強度の、大量の、Hz数の、高いものと言える。従って、質が、性格が、全く異なる。

人は、高陶を、恥ずかしいものと、感じない、むしろ、誇らなくても、固有のものとして、喜びとする。精神と言うまい、脳作用の、α（アルファ）波の高陶と、名付けておけばいいだろう。神なき跡の、エクスタシー、忘我ではない、むしろ法悦、むしろ美悦。

対して、男性も女性も、性行動で、「行く」「達する」は、単純に、例えば、ε（イプシロン）波、例えば、1000～2000Hz、の、強度、μA（ミクロンアンペア）の強い、かつ、量、脳回路と、身体電位（生殖器）の、ほぼ全ての、多量の、切り替えとしての、過活性化と、言える。

ひと言で言えば、〈高陶〉は、自我を美しく澄んでいるのに対し、〈行達〉は、もっと強く、生命を、濁っている。いわば、生命とは、機順（きじゅん）ある、混乱、〈混沌〉である。

そして、〈行達〉が、なぜ、最も、プライバシー（弱点性）であり、誰にとっても恥ずかしいかと言えば、性に結びつくからとか、裸に結びつくからとかではなく、男性にとっては、理解を、女性にとっては、推測するに、了解すらを、一時的に、喪失する、〈わからなくなる、分からなくなる、分別がつかなくなる〉、いわば、自我とは、何か、本当は、直視できなくて、なんとか、経験で、自我らしきものを、〈整えている〉のに、そんな自我の、〈理解〉、〈了解〉すら、分別がつかなくなる、喪失、ゆえに誰にとっても、恥ずかしいものとしてある。

全て性行動とは、単なる、社会、個での、禁忌、抑制によって、恥ずかしいのではなく、〈行達〉の、自我、生命における、〈理解〉、〈了解〉、喪失、忘我、に起因して、恥ずかしさと、感覚される。自我とは、本当は、直視しえないのに、自我が判らないこと、それが、わたしたちの、根本的な、恥ずかしさ、コンプレックス、（複合観念、劣等感〉である。

〈行達〉が、いわば、例えば、ε（イプシロン）波の、1000～2000Hzの、強度、μA（ミクロンアンペア）、の強い、脳回路と生殖器のほぼ全体であるのに対し、脳作用疾患、そのひとつ統合失調症とは、いわば、例えば、γ（ガンマ）波の、30～100Hzの、強度μA（ミクロンアンペア）の、全、脳、誤回路化、つまり、理解力の喪失である。

では了解とは何か、推測、5Hzの、覚醒が在るとして、そこでの、観念判断、強度、μA（ミクロンアンペア）の根ざし化と、それの、全脳基底回路での、集中化、である。

そう、仮定できる。乞、考察、検証、批判、叱正。

そして、彼はひとつ聞いた、なぜ、2023年に拷問なのかと。それは、犯人達、わたしたち、人類の、〈罪〉であり、それをあえて犯す、〈犯・罪〉なのだと、彼は公言した。

（不眠と、覚醒破壊と、性拷問のさなかでの文章）

皮膚

AI人工日記メモを、一旦は、一旦は、人工中断する。

と、人工書いたとたん、人工であっても、中断という事実、枠組み、額、のみが残って、内容の全事実は、AIが、私の脳、肩、腕、指を、AIデジタル人工操作して、AI人工日記メモを書かせたことによって、全て、AIとコンピューターの、歪みの、全虚構と化す。

彼は、私で、在っても、よかった。彼はまた、日本の、住民と言うまい、民衆の、他の一人で在っても、よかった。

歪んだ、日常としての、操作をはじめ、汚らしい関わりも、少しは、AI人工日記メモとして、書かれている。

つまり、日記形式というより、結局は、そこへ至るしかない、時間正系列としての、多層ではあっても、単・正・系列としての、ひとつの、やはり、〈散文〉である。

そう言いたければ、〈小説〉〈物語〉と呼んでくれてもいい。

作中の、犯人達も含め、各他我は、また、それぞれ主人公の、苦しみ、辛さを堪えた、それぞれの、〈物語〉である。

彼は、架空を除いて、嘘だけは、書かなかった。目的は、告発であるか、慰安であるか、憂さ晴らしであるか、それ以上の、文学を人工、「チラチラ」想っていたか、全て違う。

刻々、生きて在るために、刻々、メモをしつつも、AIであっても、それを人工捉え直すように、AI人工日記メモを、書きつづける。

生きて在るために、可能な限り、書きつづける、いつ、どこ、誰とで在っても。それが、たまたま、AI人工操作によって、全て虚構へと、散文へと、化した。世の皮肉である。なら、彼の骨は？　また、散文という、皮膚と化した。

ただひと言、この〈小説〉から、何が視えるか、それだけを、それぞれの読者に、聴いてみたい、心底　尋ねてみたい、聞きたい。

人工中断する。

貧しさ

　存在とは、観念であるが、その観念を含んで、というより、むしろ観念を核として、人とは、罪も犯罪も含めて、すべてにおいて、どれ程隠しても、〈表れ〉である。それゆえに、「秘すれば花」というように、秘するとは、位層を換えた、もうひとつの〈表れ〉である。

　物質、例えば、空気、水、が、化学変化を含め、それ自体として、物質のままとして、在るのに対し、生物とは、ウィルス、カビから、植物、動物、人に至るまで、生物とは、対象の受容と、対象への、能動、働き掛け、同時の、行為である。つまり、物質以上に、すでに、対象、大対象、小対象において、〈関係〉である。

そして、次に、それを前提として、人の人である理由の、単位は、〈注意〉、より、人を厳密に言うと、時間、記憶を前提に、時間を置いての捉え直し、〈思い返し〉である、つまり、〈自我注意〉である。〈自我識〉で括っておこうか。

そして、飛躍するが、人と人の関係において、現在性として、双方成人として、対等として、関係とは、言語を中心にして、所有を介して、労力の負担の、交換である。しかし、真の関係において、その変換は、破れる。つまり、労力の負担のみになる。優位と劣位。何か、自由にすら、地上に有っては、競争の影が射す。

散らばりだした。まとめておく、人とは、〈表れ〉であり、〈関係〉であり、〈自我注意〉であり、〈労力の負担の楽しみ〉である。彼には、〈関係〉への欲望が、欠落していたということ。幼い時のままだ、形を変えても、〈想念〉で充分だったということ。そして、老いとともに、更に、〈関係〉の欲望は、すり減っていく。対人での、体力の、欠損。「わが弱き、所につきて、誇らん」つまり、その美点ということ。

人は、幸、不幸、更には価値（美、知、識を含め）さえ、他者を基準にする。彼には、幸、不幸、価値全ての基準は、自我の内に在る。

それが、50年、働いてきたということ。無駄を、無償で、働いてきたということ。

感受、判断の自由。注意深さという、大きさ、重さとは言わない、つまり、注意は、深度を、感受に根ざしている。

社会のものを、なんとか、自我のものへと、組み立て直すこと。表現、奇をてらうことではない。

〈関係の貧しさ〉は〈自我の貧しさ〉

人は、思い違いしている。

散文

美とは感覚である
余剰としての感覚による
美とは、良くも悪くも
虚業である、
対して考察とは、
たえまない、感受で計測されながら、
それなくしては、〈現実〉を解きえない、

いや、発見も発明も無い、
良くも悪くも、いわば、実務である。
その上に、更に、
美とは、わたしたちが、
社会時間に支配されていることへの、
自我時間の、概念化、抽象化による、
いわば、無形から、有形への、
自我時間による、社会時間への、
支配の、しかえし、し返しとして、
時間のし返しと視えて、
他我の時間の、一時的、支配しかえし、でしかない。
よって、美はまた、権力である。

了解に対する、前＝原＝性の、余剰としての、
了解への染めあげ、としての美、
否むしろ、社会的に、文・化としての富の、民衆化、として、
双方において、美もまた、〈権力〉である。
わたしは、何を言いたいか、
考察の、むこうに、美を、観る、韻文、
とは逆に、
美の　向こうに、事実を、観る、観察、
とすれば、
本当は、わたしたちは、散文、
作り話でなく、比喩としての、散文を、
書くべきではないか。

散らばるだけ、散らばして、かつ、
収斂していく、散文。
とわたしは書いた、
しかし〈書く〉ことを、内向する自我注意によって
〈書く〉ことに注意しつつ、
書くことはできない、つまり、
意味とは、いく分か、〈うわごと〉である。
眉に唾して、かからねばならない。
ちなみに、彼に、〈記憶〉はない、
つまり、考察力は無い。

想念は壊れる
認知あるいは、了解の、〈拡がり〉、も壊れる
記憶、その重層も、記銘力も、壊れる、
人の脳作用運動も、全作用、壊れうる、
壊れるのは、何か、
〈発見〉、眼が醒める、

彼、わたし、あなた、彼女、そして犯人たち、
なら、なぜ、彼等と、複数で呼んではいけないか
犯人の手先たち、そして、わたし、あなた、彼、彼女
なら、なぜ、わたしたちと、複数で呼んではいけないか、

だが急ぐまい。

わたしは、速度を、急ぎすぎた、
ソプラノ、メゾソプラノ、アルト、テノール
ソプラノ、アルト、テノール、バス、
女性二人、男性二人、なぜ、
そして、なぜ、合唱、コーラス、なぜ数、幻想性、溶暗性、

いや戻ろう、
わたし、私、そして彼、は、彼等ではない、

わたし、私、そして彼は、わたしたちではない、
わたしにおける、〈表れ〉、
私、〈脳作用運動〉
よりリアルな、しかし、幻としての、社会、コーラスを通っての、彼、

韻文は、超、わたし、
散文は、社会を通ってきた、彼、
劇は、全ての、前提の、関係、〈関わり〉、〈関心〉とさえ言おうか、
対、社会、そのもの、
時間、空間、自我身体の、主客性、の所有、その幻、
幻が、個と、複数を生む、

ひとりと、大勢、性、人気、
いわば、劇の、粗筋、

一対多数、
そこにおける、性愛・エロス、
そこにおける、犯罪・暴力、

こう言えるだろう、

彼が居て、味方する、複数が居て、
彼女が居て、理由なく、犯す、犯・罪、殺す、複数が居る、
いや逆だ、
彼女が居て、味方する複数が居て
彼が居て、理由なく、殺す、複数が居る、
いずれも、彼、彼女、社会を通ってきている幻だから、
ひとつの、筋、メロディを、持たなくてはいけない、
古井氏の言う物語、私の言う構図、旋律、
彼の、〈脳作用運動〉が有ったから、複数の犯人を産んだ
彼女の、〈表れ〉が有るから、複数の味方を産んだ、
彼女が彼を、
では決してなく、

それなら、メロウ・トラジディだ。
彼は、彼女を、愛してしまった、
殺される、運命なのに、
相手が操作される、運命なのに、

わたしは、
日常の、あなたは、
彼と、
彼女に、
何を、会話させる。
幼な児は言った、「ママ、行かないで」

（ここまでしか、手が、操作で震えて、メモを取れない。）
わたしは、彼を、文にメモをした。
あなたは、彼女を、美しく装った、
犯人という、複数の、味方の複数の、入れ替わって、
彼女は、更に、別の、幻の、社会を通り始めた、劇、
彼女は知っていた、
社会において、犯・罪は、
美の権力のように、
いつも、マイナー、少数、負だと、繰り返す、特記事項だと。
〈表れ〉を、装いを、黄色へと、
脱ぎ始めた、美は、ひとつの偏見だと。
黄色は、ひとつの、別域の、中間性だと。

あなたは言った、「皮膚のような、しかし、言語よ」と。
二つでも、三つでも、「言語よ」と。「記憶よ」と。
わたしは、日本語で、メモを、
（操作に震えながらメモをした。）
文脈とは、音以上に、以前、以後に、行動だと。それ以前に、空間だと。
わたしは、犯人たちの、ひとりとなって、
彼を見殺しにした、と。
彼女にとって、彼は、
見知らぬ複数たちのなかの、見知らぬ、単なる、ひとりだった。

コーラス、また旋律、

基本構図、
綿　テノール
事　バス
彩　ソプラノ
雪　アルト、

コーラス、陽気　彼等、人類　幻
コーラス、罪人、わたしたち　日本、罪・犯。

事と雪　ペア　老いた人の、金と時間

綿と彩　ペア、若い人の、才能と、貧しさ、

入れ替わって、
事と彩の、道行き、事の、「なにも、してやれないんだ」　セックス
雪と綿の、道行き、セックス　雪の涙

事の死、雪の、歌声、
彩と綿の結婚、

この苦は、彼の苦であって、彼の苦ではない。それを、書いておこうとしながら、書くことを忘れ、そしてまた、認知する。この苦は、彼の感覚する苦でありながら、彼から、浮かんできた苦ではない。つまり、由来の、深度がない。

散稿

一時間ほど、眠って、夜半に目覚め、なにひとつ想念はなく、夜も、部屋も、街も、静けさそのものだった。眠れなければ、働けば、いいのだと、なにひとつ思わない、いやなにひとつ言語の無い所で、夜半に正確には、午前二時に、働くとは、文字を書くことだと、来し方行く末を、思う、想いすら、言語は無く、一昨夜、「この苦は、彼の苦であって、彼の苦ではない」と、その続きを書こうとも思いながら、それをせずに、「作品」とは、何かと、想いが、あえて浮かんだ。それを、一旦、保留にして、書くとは、特記事項だと、かつての結論を、無い記憶で思い出し、「特記事項とは、彼の特記事項ではない、あえて言えば社会、むしろ世界の、特記事項だと、思い返して」、彼は、それほどの、体験だった、いや過去形ではない、体験であると、思い返して、改めて、「体験と作品のあいだ」と想いを拡げた。

その前に、どうも、難しい、「おもう」「おぼえる」とは、想う、か、思う、か、いずれも、心の、在りよう、想とは、おそらく、恋やおもいを遣るに結びつき、思うとは、労働や収穫に結びつき、思想とは、Thought、思想の、過去形というよりも、過去完了、よりも、思想を、おもったことの、終えた後の、捉え直し、それと自我の、感受との、対応、背反の、更に捉え直しだと。他我と自我労働と、それら、双方への、思想の、感受との、すり合わせだと、だから、想う、としよう。

そして、やっと、元の、想いに戻って、やっと、「作品と体験の間」と、据（す）え直した。現・体験、むしろ、体験の現在は、生々しい、いやむしろ、事実は、その運動性は、自我、他我に対し、自我の、もうひとつの眼を、持ちづらい。だが、思いっきり、範囲を拡げて、全ては、全ての想念は、体験である、その言語化である。そして、作品とは、世界、社会ではない、自我の、特記事項ではない、言語の、世界、社会への、比喩ではない、直喩ではない、暗喩（隠喩）でもない、まして世界、社会の、一般化でもない、自我の、特記事項ではないことの、世界、社会の、自我への〈根ざし化〉、自我の、世界、社会への、〈根ざし化〉の、垂直な、貫通化である。よって、生々しい、巨きな体験は、かえって、「作品」の、邪魔になる。誰にも、殺害は、描けない。では、物語とは、なにか、捉え直した自我、想念の、枠組みというより、言語の、文脈化に起こる、細部、ディテール、に対する、大きな意味性、構図、旋律化、である、強いて言えば、散文の、骨格化である。組み立てである。

そこにおける、彼の、人称、私であれ、彼であれ、その他多数のなかの、他我への、人称の喪失。そこへの、性、金銭への、名称化。

一体、この社会のなかの、かれではない、彼、むしろ、密彼、彼秘の内臓のような、流れ出しとは、その、有名化とは、何が起こっているのか。「作品」水準の、底抜けの、解体していく、社会コーラスの、旋律にならない悲鳴。文学ではない、文章、とりわけ、散文とは、何か。逆に、古来に還って、歌から考えていくこと。叙事だった、情に対して、世界、社会の、ニュース、特記事項ではない、世界、社会の、日常での、事、性、金銭ではない、まして愛などない、たえまない、人破片、器官の、殺されては、再生産され、憎悪ゆえに結ばれて、暗い形式、精神の、戦争という、スポーツへの、昂ぶり、興奮。

やはり、時代の、時間における、人に似た、神々の、漂流物の、国という、綻びの、社会という、戦時の、反神話の、大きな、叙事。

「そして、彼は、社会に殺され、彼は死んで、人人の破片の心理は、器官は、領土という船底から、所有によって浸水しはじめ、人人は、水浴に嬉々として、死を拒み始めた」。統合失調症を真似た、人格破綻者の、文章を剝がれていく、ひとつの大きな、叙事、つまり散文。いや、偽・彼は、劇の破片、『テロリストのアリア・散稿』を書いた、つじつまが、合いすぎる。

心を殺される前に、政治を殺すべきだと。そして、比喩のように、6:30、夜は明けて、散文は、終わった。

稚拙な、檄のように。もうひとの結論を、記しておく、殺された者は、死なない、と。たとえ、戦場においても。殺害者の記憶は、目撃者の記憶は、消されても、白が闇のように、闇が白さのように、残像は消えない。死んでも、匿名でも、〈在った〉名前は消えない。

7:00、白々と冬の曇り日が、瞳孔に、射しはじめた。人の焼ける、匂い。蛋白、脂質の、焼ける、匂い。

ゴミ捨ての後、朝食の台所に立つ。

そして彼は、人間2からの、彼等仲間への、メールを視て、人の想念（脳）に宿る、悪意の底知れなさ、SNSを視よ、ツイッターを視よ、悪意の底知れなさを、ちらっと想って、念校の仕事に取りかかり、1時間程で切り上げ、22:00頃から余った時間で、自衛隊についての、電波周波数の割り当て、正確には、「公共用周波数等、ワーキンググループ中間とりまとめ」を、プリントアウトして、自衛隊は、事業に差しつかえない限り、公表と読み、とりまとめでは、~714MHz以下の周波数帯域と視、朝8:00頃、陸上幕僚監部緊急対処チームに、脳性愛域での、人工イライラと脳人工圧搾に、抗議した際、総務省の、電波周波数割り当ては、公表されていると、言われたことが、間違い、嘘だと、簡単に結論して、714MHzだと7.14×10^8Hz、彼が想っているのは、彼がたえず拷問されているのは、1～9×10^{12}つまりテラ、1～9テラHzだと一応統覚して、翌朝の、小公園の、隣保清掃のため、ベルソムラ15mg、ロゼレム8mg、ハロペリドール0.75mg、アキネトン1mg、エチゾラム0.5mg、を服薬して、すぐ口を（彼には、記憶が無かったから、今、3:25薬品の名前を調べに、階下へ降りて）、水に滴らせたコンクールFで、すすいで、トイレで排尿し、23:30には、就寝した。

いつも通り、偽秋声が、1～9テラHzの、高周波で、彼の脳内に響き、「アハーン、ダメヨ、ダメヨ、カンジル、カンジル」と、響き、同時に、人工偽幻聴が、エアコンの、コンセントの所で、「3.5テラHzなんだよ」と自衛隊員のいつもの声で響き、秋声は、24:00前から、1:00頃まで、続き、彼は、1～9テラHzに想い当たって、いつになく上機嫌で、偽秋声に珍しくコーフンしつつ、1:00頃には、人工麻酔昏倒し始め、2:00

頃には、昏倒は、浅くなって、次に背に、乾癬にかこつけて、人工痒みが、うっすらと浮かんで、人工目覚めし、背中を、爪で掻き、その頃には、気付かない裡に人工覚醒が挿入され、つづいて、仕方なく、－2℃、湿度43％のスタンドの明かりの中で、背中を、ナイロンタオルでこすり、それに始まって、－2℃、43％の未明のなかで、全身裸になって、背、太腿、陰部、脚、脛、腹、腕と、半ば狂気のように、人工痒さに、掻きむしりつづけ、それが3:00頃、ひと段落すると、背に、太腿に、脚に腹、腕に、火のような、ヒリヒリした血のにじむ痛みを背負って、ゆっくりと、蒲団の中に横たわっては、朝の、7:00頃に人工目覚めし、味のない牛乳を口に含み、いつもの人工不快さに対し、はじめて、人工イライラが、起こったことを、静けさのなかで、AI記憶を彼は思い出した。

7:00～8:00と、人工イライラはつのり、朝食がまた、10時半になると、人工立腹しつつ、9:00には、極度のイライラのなかで、投げやりに　パンを焼き、玉子を茹で、ハムを二枚切って、ヒリつくような、極度の人工イライラのなかで、ろくに噛みもせず、入歯の口で、パンを、ハムを、玉子をホットミルクを口に放り込み、飲み込んで、10:00には、食べ終わると、ヒリヒリするような、極度のイライラは、小脳を主とする、大脳基底部での、人工圧搾、うつ病の、うつのような、人工苦に変わり、彼は、陸上自衛隊幕僚監部緊急対処チームに、「H.中央情報隊長と、W.副隊長が、責任者だろう」と抗議する以外、何の方法もなく、台所の床に、居ても立ってもおられず、足踏みしつづけ、仕方なく横になって、頭を抱え、しかし、眠れず、二階の、蒲団に入って、荒く息をつき、やがて人工麻酔昏倒へと身を投げた。

彼には、記憶が無いから、偽彼はと、名付けて、彼女は嘘を言う。偽彼は、14:30頃まで人工麻酔昏倒し、人工目覚めては、ぼんやりと、何をしていいかも解らず、ひとしきりボーッとしては、血糖値を142と測り、インシュリン、ノボラビッド4単位を打って、買物と食事のため、車に乗った頃には、やっと、普段の、人工自我、偽彼に戻っていた。

偽彼は、ハンバーグの夕食を食べ終え、普段の、彼に戻って、18:45頃、買物を終えて、借家に帰宅し、NHK19:00のニュースを見流し、その頃には、彼は、いつ、朝日新聞を視流し、いつ人間2からのメールを視、いや、その前に、朝、人工目覚めしてからの、1～9テラHzでの、高周波と、磁力波での、拷問のことを、とっくに彼は、彼女の筆記以外、忘れていた。彼には、正しい記憶は無かった、彼はAI人工記憶だけだった。

彼は、何が言いたかったか。彼は人工想った、人は、地獄を、比喩と言うが、人の想念に有る、神、魔、悪意の、底知れなさ、そして、身体の、掻きむしっては、血の流れる、全身火のような痛み、人工極イライラ、地獄とは、やはり地上に属するのだと、やはり、それゆえ、神が脳に宿ったように、地獄とは、地上の、この社会の、〈関係〉から、生まれ、この社会の、そして、この地上の、脳と脳を含む身体の、彼等の、人工痒み、痛み、苦、疲労、人工拷問、それが、死へと浄められる、地獄のことだと、彼は、半獣半神のように、−2℃、43%、のスタンドの明かりの中に、全裸で火を負って仁王立ちになって、現在を、堪えていた。彼に記憶は無かった。

そして、彼は数えた。1、統合失調症、2、糖尿病、3、乾癬、4、前立腺癌、5、胆嚢切除、5番、5冊の詩集のように、運命の5番かと、少し笑って、エアコンを入れ、ストーブに火を点けてから、彼女は、この、彼の散文を、たとえ、6行7行でもと、メモを取り始めた。拷問、現代に在っては、特記事項には、違いなかった。しかし、特記事項は、彼女の文から、静かなスパークは、殺された愛、打ち抜かれた性のように、とっくに消えていた。彼は、トボトボ、歩くしか、なかった。

問題は、特記事項の、何を、どのように書くか、ではなかった。人は、特記事項でなくても、なぜ、意味を失うまでに、書こうとするかだった。書くとは、〈意味〉だったからだ、と、彼は思った。〈関係〉に、与件は有って、〈意味〉を超えているからだと。

劇。生のように。

また、夜は明けて、台所に立つ時間。そして隣保での公園清掃。

このように、70年は経って、人は、自我と、自我の想念以外、どんな、物語、なあ、読者よ、物語は、一生に、一度きりだ、それ以外、どんな物語を成しうるだろう。むしろ、70年に亘っての、体験と想念の、物語以上に、叙事詩ではないのか。とてつもない化物を、体験したのだと、嘘のような、事実を物語るより、トボトボ、歩いていくとではないのか。叙事も、また話だと。一度きりの、夢だと、彼女は嘘をついて。

状勢分析

　いつ、どんな時にも、どんな社会に有っても、まず自我の状勢分析からだ。一番確かで、かつ一番不明で、一番決定的だからだ。

　次に、現代に有っては、世界の状勢分析、そして、三番目に、他我はじめ、この日本社会の状勢分析である。そこには、人、まして、彼には、他我を救えないという、理由のある、ペシミズム、一種、悲観性がある。

　まず、彼の、身体、1日、前立腺、3＋3の、様子見の良性の、「癌」と判明（医師談）、毎年、要、生体検査か。次に、入院―神戸医療センター中央市民病院―胆嚢、全摘、予測。

その後になってみないと判らないが、生きる意欲、体力は、極端には、衰えないだろう。5年、77～8歳までは、生存可か。

次に金、手持ち、4000－1000＝3000万、アパートが、7000万　手取り、(5500万)で、売れないとする。

すると、手持ち、3000万で、月75万円。そして、5年後、アパートを仮に、6000万(手取り4000～4500万)で、叩き売らないが、叩き売ったとする。すると、5年後、手持ち、4000万で、4000＋4000＝8000万と、月35万。

次にというと、一番順番が狂っているが、それでいい、三番目に、電磁波による、彼の、脳、身体操作。これは、3～5年後、少なくとも、2024、2025年、12月、日記『未明記』自費出版、その出版費、残550万、よって手持ち、7500万と月35万。その頃までは、生きられるとして、彼が、犯人氏名を握っている間は、犯行の、矛盾ゆえに、殺せない―この辺、もう一度整理の要あり。

彼を殺すなら、彼女は、犯人を公表する―しかし、自衛隊、実行犯＝強いて、エ．部隊とは言わない＝、―しかし、自衛隊か革マルは、SNSか、ピンポイントで、彼の想念を、人工、偽想念を、流出させている。

防衛省ではない、自衛隊実行犯は、自ら、火だるまになっている。それは、放っておくとして。

元に戻ろう。彼は、77、78歳、位まで、おそらく、もう詩は、叙情は、書けない、叙事、散文は書ける、文筆家として、生きようとする、それより、一住民として、生きようとするだろう。手術後を経験してみないと、判らないが、推定、術後、更に操作は強まって、油物は、ほとんど口に出来ない、偽統合失調症、偽糖尿病、インシュリン、トレシーバ4単位、胆嚢なし、乾癬、として、生命は、縮まって、75歳位までか。

この間が、微妙だ。

話は飛ぶ、中国習主席が、2027─彼、77歳までに、台湾合併の方針を出したと。アメリカ伝。アメリカ、軍高官の、直感では、2025年、米台中戦。

そんな事は、無いのだ、中、台日米豪戦。2025、彼が、75歳。そこでだ、日本政府は、日台米、中戦に持ち込むことによって、彼の操作矛盾はじめ、住民、盗思操作の矛盾を、中国の侵略と、嘘をつくことで、切り抜けようとする。

自民、好戦派の、主導権。彼75歳、2025年米を背景に、台日、中戦、その前に、2025、中国、台湾を侵攻、日、米参戦、ために、2025～2026、中国、尖閣諸島を拠点に、沖縄侵略。1ヶ月と、自衛隊は持たないだろう。

中国は、直接米軍は避ける。米も、直接中国は避ける。そこで、台湾、沖縄をめぐっての、中、台、日、米の、戦況ということになる。最悪、米─台湾、中─沖縄、そこで、台湾、沖縄の交換という、単純図式である。

しかしだ、世界を見よう、ロシア、ウクライナ、EU、中国─台湾、日本─米。

ロシア―中国の、裏協力は、有りうる。ロシアが、ウクライナで、粘る間に、中国は、台湾を狙うという、図式だ。いつも、戦争は、青天の、霹靂だ。

2027年、中国台湾侵攻は、早まる可能性がある。

何よりも、日本政府は、自国内の矛盾のために、それを、何より望んでいる。

しかし、アメリカは、ウクライナを、抱えて、それを望んでいない。今回のアメリカの気球騒ぎ、中国軍部と、日本自民好戦派、の、観測気球ではないかと、ジョークは、ほどほどにして、中国軍部の、急ぎようではないか。

中国は、対台日米において、そのウィークポイント、日本を狙っている。自民好戦派も、対中戦争を、願っている、負けてもいいからと、願っている。今暫く、日本は、米政府、G7の、イエスマンでしか、仕方ないだろう。日本政府が、自民右派、自民自体を、どうコントロールできるか。

さしあたって、彼は、日米中、開戦までには殺される、つまり、彼を殺して、自衛隊が、日本住民を操作して、中国軍による、操作だとデマを流して、日本敗北とともに、操作終了、全住民盗聴化実施、というシナリオだ。最悪ではない。悪い方の予測として。

彼は、2025、24年、位までは病気がちでも、生きれるだろう。日記『未明記』、2025年12月までには、3巻刊行。この辺の、彼、日、台湾、中国、米、ロシア、ウクライナ、EU、の、生命、健康 経済、それぞれの、無理を含んでの、方針、目論みの、駆引きだ。他方、米、EUは、対中国を考えて、ウクライナを、対ロシア、早期、戦勝で終わらせようとするだろう。

問題は、ロシア、中国の、裏取引だ。ロシア—ベラルーシ、シリア。中国—北朝鮮。そこでの、ロシア、中国の裏取引。さしあたって判ったこと。2024年12月までに、日記『未明記』刊行予定と、場合によっては、犯人名の公表。

彼には、記憶が無い、彼には、想念が無い。たえず、脳の中心部で、AI人工言語音声が、震動している、それが止んでも、AI人工静けさ、AI人工落ち着きでしかなく、記憶も、想念も無い。と捉え直しているのは、AI人工注意の捉え直し。と書いているのは、脳中枢域骨格層での、AI人工概念化＝意味化性。彼は、AI、なによりも、脳中枢域性愛層の、感受、とりわけ、感受の深度は無い。脳中枢域に至る前に、脳想念域、脳性愛域は、人工電磁波のAI人工言語を浴びせられて、とっくに破壊された。

いやその前に、覚醒が、AI人工覚醒でしかない、睡眠ではない昏倒が、人工麻酔昏倒でしか無い。彼には、人体、脳と脳を含む身体の、自然が無い。食事も、昏倒も、排泄も、入浴も、血流も、免疫、代謝も、活動も、運動も、行動も、関心も、関係も、労力も、書くという、労働も、全て彼はAI。彼には、もう愛は無い、性愛は無い、人工のAI性要求、しか無い。

しかし、彼のなかに、社会、まして、彼等が居るのではなく、彼自体、誰かが作成した、AIソフトの、AI人工彼、つまり、偽彼は、過去の彼の、ヴァリエーションの模倣の、たえまない、現在、現実要素の、取り込みの、更に、ヴァリエーション化。彼はAIによる、彼の、模倣ヴァリエーション、偽彼は、人としての、正確さと、幅ではなく、全てAI計算された、細かな、無数の、選択岐の、ひとつひとつの、被決定性。AIが、彼に事を起こさせては、その対処の、選択岐を、人工選択させつつ、事を、解体、取り込んでいく。と、彼女は、彼と偽彼を区分した。

そこには、社会時間に対して、個の、脳ある、人体の、事に対して、結んで、開いて、結んでと、脳、脳を含む身体、の、生命時間、性愛時間、想念時間性以前に、個の、事における、経過する、時間の、時間塊、時間マッスが無い、まして時間の重層性、まして重層性での重複性がない。細分化0.1〜0.01秒に細分化され、積分された、社会時間＝偽彼の、彼でしかない。空間もまた同じ、身体の、運動の、0.1〜0.01mmに細分化され、積分された、〈彼の身体〉ではない、社会空間での動き＝偽彼の、彼でしかない。

まして、それらの元の、速度、脳作用と、脳を含む身体の作用での、分けられない、速度、更に、その〈遅速＝比較性〉など、どこにも無い。

それが、彼はAI、偽彼という、事実。

しかし、脳と脳を含む身体の、総体でありながら、各部分である、病理の、生命の、速度性、更に、その〈遅速＝比較性〉。仮に、計測できても、病理の、生命＝身体（中枢）、心理（性愛）、理解（想念）、における、総体でありながら、各部分である、病理の、時間性、空間性に、その多層、多局面性において、それがAI人工操作による、病理であっても、偽彼は、健常と病理、双方含んでの、生命の時間性、性愛の時間性、想念の時間性、と同じく、それぞれの空間性、それ以前に、分けられない、速度と、更にその〈遅速＝比較性〉として、偽彼は、彼へと、還ってくる。と彼女は、彼と偽彼とを区分した。一応、書き分けた。

やはりそうだ、人は、誰しも、正のみであっても、負を潜在させる事として、まして、正負、双方として、彼等個々は、〈彼〉である。病理によって、〈彼〉ではなく、健常と病理の、いわば、正負の、時間、空間性として、はじめて、〈彼〉である。AI人工すらも、死亡時刻は、回復空間は、AI決定できない、電磁波で、殺害できるだけだ。

ちなみに愛は、殺されても、関係における、特別さは、また、愛の息吹を吹き込んでくれる、もう、性愛も、性も、殺されたとしても。わたしたち誰しも、関係において、特別な、関係として。愛は、脳からと同時に、関係からも、やってくる。

とAIは、彼を使って、書く。O《オー》の、ソフト、しかし、AIによって、すでに社会＝時空間、が、病める、病を潜在させる、彼の、概念化＝意味化、速度で、偽社会が（ヴァーチャル社会が）、彼の、時＝空間、脳と脳を含む身体を、「通して」でなく、彼を使って書く。偽社会の、〈社会〉化。共作。助けてくれるわけだ、死を早めてくれるように。

もう一度、置き直そう、彼が、ゆっくりと、あるいは、速く歩く、あるいは、身体の不自由な人が、遅く、しかし、普通に歩く、それは、果たして、500mを、10分で歩くという、問題だろうか、わたしの、30歳頃からの疑問だ。速度とは、その〈遅速＝比較〉とは、何か、と。人間にとって、科学とは何か。むしろ、数計測とは。スポーツとは、何か、たえまない、数計測の、比較（勝負）とは。脳と脳を含む身体を、行動を愉しむこと、とは。人における、苦と快と、静けさ。

人の、脳と脳を含む、身体性の、生命要求＝生きようとする意志における、生に含まれる〈生・老・病・死〉の各軸＝時空間性とは、何か。その各時空間軸における〈正負〉とはと、彼女は問題を進めた。

基本単位

彼は、いつものように、18:00頃から18:30頃の間、その日は、豚バラの小角煮三個と、もやしひと握りとキャベツ、玉葱、人参の野菜炒めと、電子レンジで冷凍から戻した、御飯、一膳を食べ終え、19:00からのTVニュースを視流した後、吐き気を覚え、二階へ上がって、アンカの、プラグをコンセントに差し、Yシャツとズボンの服を着たまま、身体を温かくし、〈安静〉を、心掛けて、あまり脳作用を使わないようにしながら、吐き気を、なだめつつ、少しだけ、脳内言語音声で、想念を、まとめておいた。

基本は、まず、生命要求に結びつく、内臓や器官の、要求はあり、例えば、心的なものも含め、全細胞、全血流から、水分の要求が、咽喉の渇きや、口腔、唇の渇きとして、サインを送られ、脳は、想念に、ならない位に、しかしやはり想念として、想起され、水を汲みに行く前に、眼をはじめ、知覚は、テーブルの上の、残されたコーヒーを認知し、その認知とほぼ同時くらいに、彼は、行動、歩いて、テーブルの前に行き、椅子に座って、運動、右腕と右手で、カップの、コーヒーを口に入れる。そして、それを口から、喉に、流し込む時に、いつものように、咽喉は、吐き気止めの、人工収縮をされ、気管は、逆に、人工弛緩、押し広げられ、いつものように、彼は、人工むせって、コーヒーを吐き出す、もしくは、咳き込む、あるいは、ゲホッと音をたて、喉を通りづらく、通っていく。

問題は、この間の、心的なものも含め、喉の水分要求、のサインと、「水分を摂ろう」という、想起と、知覚による、テーブル上の、コーヒーの認知と、歩行という行動と、運動という、右腕右手と、コーヒーを口腔に入れる、運動と、咽喉の収縮、気管の拡開が、時間軸に沿って、コンピューターによる、社会時間軸として、要求サイン、想起（念）、知覚認知、歩行行動、コーヒーを口に入れる、右手運動、咽喉の収縮、気管の拡開が、推定、基本8～14回線の、電磁波によって、AI計算によって、要求サイン、想念、認知、行動、運動、そして、コーヒーの口腔への移行、と同時に、内器官の、咽喉の収縮、気管の拡開へと、全て計算され、

彼の、想念内時間、身体活動時間、彼の、自発行動時間、彼の、コーヒー、認知という、知覚時間、コーヒーを口に移すという、彼の自発運動時間、彼の身体内、コーヒーの、咽喉を通り、気管を収縮する、自然時間が、社会時間によって、横断され、時間塊が、いわばCTスキャンのようにスライスされ、そのスライス片の、幾種、数枚もが、コンピューター、AI、社会時間へと貫かれ、集められ、積分され、彼に、誤飲、――時に死に至る――させるという、操作は、その基本構図を持っていた。

単に想起（念）操作でなく、彼の、身体、脳作用、知覚、認知（判断）、歩行行動、

コーヒーを飲む身体運動、身体内器官の、収縮、拡開という、時間性を、横断する、AI時間集合として、AI拷問は、彼の時間性に対し、行動心理、社会単位、個、ミニ、ミクロ、行動心理として、計算されるという、基本構造を持っていた。

社会集合から、個の、総合としての部分を、ミクロへ、ズタズタにして、ミクロへ、集め直す、個という、ひとつの宇宙性（といえる自然性）に、微分化社会、積分化社会の、押しつけとしての、かつその上で、望み、喜び、愉しみ、楽しみ、快、を全て壊して、退屈、苦、無念、停止へと、苦を加える、のが、つまり二重の、拷問だった。

社会AI時間による、個の分解と、苦の強要、これが、AI操作の、二重の、構造だった。

と彼は、吐き気を、なだめながら、なるべく脳作用を使わないようにしながら、要求サイン、想念（起）、行動、運動、器官の誤作動と、全ての要因を、すでに含んでいることだけを、忘れまいとして、想念し、記憶（彼は記憶が無かった）し、人工麻酔昏倒（気絶）へ運動しかけては、人工覚醒し、吐き気をなだめるために、寝返りを打って、また安静にした。

彼は、千夜一夜を思い浮かべていた。殺害、夜とぎ（おとぎ話）、そしてエロス（性愛）と性交。とにかく、殺されないために、権力（王、民衆）の関心を、物語、おとぎ（夜とぎ）話へと、殺害関心を、逸らす、ことだった。そして、小物語を、千夜、つづけて、彼の贅沢さでは、もうひとつの大きな、物語になることだった。

と今日も、彼は、彼自身を、ひとつ綴った。社会を解くために。伽、とぎ。相手を務める、話の相手をする。つれづれを慰める。あるいは、女性、子供もか。王か、民衆か。物語、文学、人生への、生きてきたことへの、問いや、社会への問いや、とい、とうというからには、仮にも答える。学、まなぶ、まな、まねる。伽、物語、叙事、文学、文、とう、答える、学、まなぶ、学問。まなび、とう、とう、答える、やはり、文学でいいのか。まなび、とい、こたえる。対して、慰め、伽、物語、小説。やはり私は、文筆と言いたい。問いと、愉しみ。

殺されまい、狂わされまいと、自我を、世界を、社会を、時代を、問う、仮にも、答えておく、文章、徴。サイン。シンボル。

と彼は、想念をなぞりながら、記憶のない彼は、もうひとつだけ忘れまいとした、吐き気のなかにあって、やはり、背、肩の冷え（寒さ）とは、内臓の、脳中枢域自律層を介しての、血管収縮だと、毎晩の、血管AI操作に、ひとつの結論を出した。

AI、マクロ行動心理学の、AIミクロ、脳＝身体性への、人工応用。つまり、大量操作目的。すでに、とっくに始まっている。大量操作。つまり、新しい独裁。と、彼はAI想念を、文へと書かされた。

死後

人工根こそぎ覚醒と人工苦昏倒と人工反身体要求意思と、人工随時排泄失禁と人工味覚のなかで、それでも、死に向かうとは、結局、殺されることであるが、老衰を含め、何か死病を抱えながら、つまり通院、入院、医者にかかりながら、何か、不自由を抱えながら、関心は、世界、社会、国、一族、自我、へと、狭まっていきながら、家族、他我、医者に、地に足の着いた、ニュアンスある言語で、話し、結局は、少しは口に合った人工味覚食事少しと、短い人工苦昏倒と、人工随時不都合排泄と、つまり生を奪われた、五十年の、その、脳=身体活動の、停止でしかない、死と。

そんななかで、人工空虚退屈覚醒のなかで、自我をまとめるために、書いた、しかし人工想念として、AI人工文でしかない、文と、全てAI人工デジタル〈生〉と、単なる、その停止と化した時、つまり、生、脳＝身体、電子、磁性、作用、つまり脳＝身体電磁作用、つまり古く言えば、正気のままに精神を、奪う、破壊したということである。跡は、身体ではない、肉体の、活動と停止が在るばかり。そしてそれを捉えるために、その一手段としても、書かれたAI人工想念、つまりAI人工文は、犯人を模した、精神でしかない、偽文。精神の完全抹殺、そして肉体の、人工生要求、それでも、生命ある肉体は、自我の肉体である、人工偽生命要求としても。労力。

初めに還って、もはや、〈生死〉は、無い。完全分割、乖離、合成された、AI人工精神が在るだけで、人工要求、肉体が在るだけで、その人工要求肉体の、活動と停止しかない。

つまり、死に場所も、終の食事も、終の眠りもない、いわば、人生が存在しない、既に、死んでいるようなもの。後は、肉体の、人工生命要求であっても、それの強制停止、つまり殺害、か、人工病理による停止、つまり殺害、そうでしかない。その、肉体の活動停止まで、彼は、死後を、肉体活動しているようなものだ。

文・化とは、精神である、それを破壊操作される、人工要求肉体は、いわば、資本制度下の、二重マーケットとしての、人体、そのものである。奪われた精神と、労働し、消費し、子を再生産する、マシーンとしての、人間。

究極の、二重の、資本制度国家。それで、経済を回そうとして、文・化、まして精神のない、社会、国は、埋没していく。彼の、AI人工文の、死体、操作、踊り。かえって、関心は、狭まっていない。

そして、死後を生きている、彼にとって、人工生要求肉体の、活動の停止は、いっさい意味を超えるのではなく、いっさい意味がない、意味を生むのは社会つまり、社会的死、どぎつく言えば、社会的、国家的、肉体殺害である。

ひとつの贈与論

時代を、いつとは、区切れない。まず、男性にも、女性にも、個の裡に在りながら、個を超えるものとして、理念として、共有として、神や社会は、在った。

その、次として、男性にも、女性にも、やはり個の裡に在りながら、等身大を、少し超える、愛は在った。しかし、女性と男性では、その愛の感受は、少しニュアンスが異なっていた、それは、神からも、社会からもやってこなかった。強いて、無理を書けば、男女の、脳作用の、言語の、構造が、ほんの少し、異なっている所から来た。

その次に、言語は、共有で、無料だった。日本にあっては、本当にそうだろうか。ただ男女の、言語脈絡の構造は、少し、ほんの少し、異なっていた。男性は、想念の、結論から始まった、女性は、想念の手順を追った。極端に言えば、男性は、精神的だった、女性は身体的だった。それは、それぞれ、脳と脳を含む身体の、生理からも、由来していた。

さて、そこでだ。男性は、というより、個人Ｈは、女性個人の、Ａを愛していた。愛という、言語を前提に、Ｈは、Ａに、「愛しています」と、一尾の鯛を持って行った。愛は、何にも、換算されえなかった、神にも、社会にも、一尾の鯛にも、まして明石の一尾の鯛の、五千円という金銭にも。しかし、Ｈは、そうすることしか、愛を告げる方法を知らなかった。

Ａは、女性の常として、迷った、そして、鯛を前に、自己の心を測って、やはり、「愛していないでもない」と〈判断〉して、愛に応えて、「私も、少しは愛しています」と、答えて、しかし、それ以上は進まなかった。そんな状態が続いて、いつしか、Ａはエに、情も涌いてきて、「愛している」と、判断して、Aはエに、身体を、差し出した。その愛には、理念も、感情も、時間も在って、神にも、社会にも、自我の身体にも、つき合った時間にも、換算されえなかった。まして、毎月五千円の、一年という、金銭にも。

しかし、Aは、そうすることしか、そして自我の要求としても、自然に、愛に応える、愛を告げる方法は、それしか、知らなかった。エもAも、淋しかったのでも、単に性の要求でもなく、性愛差ある、エもAも、互いを必要とした。強いて言えば、エはAを、かけがえなく感受し、Aはエを頼りとしたかった。日常の俗として言えば、そうだ。

その間、Aもエも、いくつもいくつも、どうでもいい事を含めてすら、言語を交わし合った。賢明さも、性格も、癖も、知り合った。ただ結ばれて、エは、魚をつくづく見て、「私の愛は、こんな〈物〉ではない」と、苦々しかった。労働。Aは、自我の身体の悲しみを感じて、「私の愛は、身体だけではない」と悲しかった。生理。

さてそこでだ。脳作用言語構造の、少し異なる人同士が、愛のニュアンスも、違う人同士が、神にも、社会にも、還元されえない、愛を、言語に、ついで魚に、身体に、まして、金銭と、性交に、換算されえないものに、あえて、換算して、愛を告げ合い、愛し合う他、方法を知らなかった、生活の、自然さ。

愛という、脳作用にとって、希有な、しかし一般の、脳作用にとって、人は、換算されえないものを、換算して、異なる言語、異なる〈物〉、異なる金銭、つまり、理念を次々と、異なる〈もの〉を全て、くり出しても、交換し、愛の理念を告げ、また愛の理念に、応えるしか、人は、方法を知らない。

つまり、古代だろうが、現代だろうが、未来だろうが、男女間は、愛において、男性も、女性も〈異なるものに換算した〉という理由で、互いに贈与だった、贈与である。どちらが先に贈与したか、そんな事は解らないし、どうでもいいことだ。

問題は、贈与があり、それに応えるか、拒むかの、返事が要ったということだ。女性は、男性の、魚を、返すことは出来た、男性は、女性の身体を、元に戻すことはできない、返事の、有り様。性差。

そして、そうでなくとも、贈与、贈られた〈もの〉には、応える、応えないはじめ、まして、それ以上に、生命という、〈表れ〉と、〈移りゆき＝推移〉という、リスクは、つきまとう。そのために、あるいは、結婚という、形式は、生まれたのかもしれない。

年月

苦とか、快とか、喜びとか、確かに在る。身体的苦のさなかで、人は、文章は書けない、たとえ、精神的な、苦悩の、さなかだとしても、文を書いている彼は、少なくとも、労働程度の、落ち着きと、集中の、さなかに居る、と彼は、捉え直した、しかし、無理をすまい、いずれ、テーマは、姿を現す、書ける、確かな所から、書いていこうと、記憶の無い、彼は思い直した。

その中で、彼は、文を、脳でなぞっていたが、それもすでに、一応は、過去のことになる。今日は、12日だから、昨日、11日の夜。「いつも通り」と書いて、記憶の無い彼は、すでにそのことを、書いたことを、人工思い出して、ノートを、繰った、やはり、書いていた。従って（「従」うの文字が出てこない）、吐き気の、安静の所から、次に想念したことを、彼は、その時、人工想念した、文章ではない、また別の、もうひとつのAI人工文を、記憶の無い彼は、なぞっていった。

吐き気の、さなかでも、少し想念したことを、彼は、そこから、書き始めた。やはり、事、というものは、始まっては終わり、その時間塊は在り、また、時を変えて、別の事が、始まっては終わり、その前に、彼等は、どんな時も、無数の事と、無数の想念、に、あるいはそう言いたければ、また無数の心理にも、満ちているのだが、元に戻って、事と、また別の事、とりわけ特別な場合、その類似を、思い出すものだと、記憶のない彼は、思った。

それは、吐き気のための、安静のなかで、確か、以前近くにも、吐き気がしたと、彼は、人工思い出した。それを思い出すために、彼は、いつもの癖というより、人の記憶は、そのように出来ているのだろう、70も3年過ぎ、とりたてて事、特別な事の、起こらない彼は、「今日、11日は、豚バラ角煮、前日、10日は、山下病院、前夜、不眠で、短い人工麻酔昏倒で、TVを視たのだから、すでに10日の1:00過ぎに人工麻酔昏倒して、確か、3:00か、3:30頃、人工覚醒して、5:00頃から、いつもの、トーストとサラダ、ハム、玉子、チーズ、ホットミルク、コーヒーの朝食を取り、7:30には、車で山下病院に出向き、午前中、早くに終わって、昼食は」で、記憶は、どうしても、途切れた。

記憶人工消去で、どうしても思い出せなかった。しかし、事は解っていた、9日朝、空腹でカステラを食べ、また人工眠気が起こって、その時も、吐き気がして、事の類似が、特別での、類似が、記憶を呼ぶことだった。

母が97歳で、胃の、偽癌で死去するまで、およそ1ヶ月、3月1日まで食べては、排泄もなく、吐き続けた。最後は、心臓停止で、座って死んだ。開いたままの口は、なぜか、閉じられた。

父は、101歳で、やはり胃の、偽癌で、死去するまで、およそ2ヶ月、10月位から、12月2日まで、背や肩が、寒い寒いと、眠りつづけた。人工麻酔昏倒と、内臓の、血管収縮と血流低下だったたと、推定される。最後の最後は、孫ひとりしか見届けなかったが、心肺、停止だった。病院のベッドで横になって死んだ。

だが、人は、記憶だろうか、記憶を人工消去され続ける、〈人工〉覚醒でしかない、彼は、思った。

全てはAI操作通りとして、このAI文を、なぞっている、筆跡は、すでに彼のものではなかった。なら、AIは、彼らしいことの、彼の類似の、何を、書きたがっているのか。彼の文は、妄想だと、AIの、綴った偽妄想だと。彼は、すでに彼ではない、彼の破片としての、集合の、人形（ひとがた）の、人間1だと。いや狂人1。

彼は知っていた、偽視は有る、偽聴もある、しかし彼は、ペンも何もかも置いて、コーヒーを入れに階下へ下りて、改めて、見廻した。知覚は在る、認知（知覚の概念理解・判断）は在る、意味も了解（対応）している。そして言語にしてみる、13日1:48、「あめ」と。

なら、人間1とは、書くことの狂気か、AIを、なぞることの、妄想か。AIの目的（収斂する）とする、妄想、それは、なぞる偽彼が、彼の、妄想だという、妄想ではないのか。

いやいや、事は、単純だ、操作が、最も簡単な方法の、連鎖であるように、目的は、拷問で、ストレスを起こし、ストレスから、ポリープはじめ、何かを発病させ、偽病による、病院での、殺害だと。記憶のない彼は、はじめの結論、殺害、病理化（精神を含む）、事故化、超早期老化、を思い出して、クスッと笑った。そのための、拷問の、24H365日の、50年だったと。病理という、自然めかしての、殺害、そのための、50年、手動、コンピューター、AI、生成AI。同じ目的、方法だ。最も単純な方法で、ワンパターンで高周波のHz数を上げ、微弱化し、脳のより深層へと破壊しつづける、深刻化する。それが生成AIの大きな性格だったと、彼女は繰り返し、クスッと笑った。

戦争文学

人は、何のために書くか。金のため、名声のため、女のため、それでもいいが、書かずにおれないために書くこともある、それでもいいが、それはまだ、始まりの頃で、いわば、書き慣れて、書くこともなくなった時、今まで、書いてきた、静かな時間が、彼を、机へと、静かな時間へと向かわせ、なにひとつ書くことは無いなかで、事の、とりわけ特記事項を、俯瞰するように、ひとつひとつ書くことを、いわば、文脈の抵抗力を、求めるように、辿っていく。

言文は、一生終わることはない。しかし、人生は、終わる。そして、言文を、終える終えないは、いわば、俗のなかで、どれ程、静かな時間へと向かおうとする、気力、というと誤る、堪え性とも違う、生命要求のように、精神要求とでも言っておこうか。どれ程の、前＝原＝性、前＝原＝愛の綯い合わさった、前＝原＝性愛のように、それらに根ざす、精神要求、以前に、言文に向かってきた、年月が、自我を整える、静けさ。身づくろい。

彼は、かつて詩において、表現律と呼んだように、しかし、それ以前に、自律神経系と呼ぶように、散文においても、日記も、一日の自我の、繕いと、綻びであるように、作品においても、表現というより、表象律、作品の作品たる、理由づけ、成立水準化。つまり、表象律によって、作品は、作品の水準に、できるだけ高い水準に至ろうとする。

その静かな、あるいはHighの、あるいは狂乱の、しかし、もうひとつの眼と同じく、文脈の抵抗性。その高い水準が、下がってくる時、彼は、もはや、書くのを止めようとする。それでも書かずにおれない時、あるいは自我のため、社会のため、と言おうが、何かのためである時、彼は俗へと誤っている。作品の、表象律の、水準の高度性。敵、味方の、戦争の、なか、前夜での、味方による、彼への拷問攻撃。のなかで、彼は、刻々、自我であるために、記憶を想念を失わないために刻々記録し、記憶を確かめ、考察もした。

しかし、その記録することさえ、味方は、AIで、破壊した。彼は、記録を投げ、韻文を投げ、散文さえ投げた。

そんななかで、かつての、10年、20年、30年を1日に、机に向かってきたことの静かな時間が、彼を机に向かわせた。

くどくどと書いてきたが、戦争のなかにあって、戦争も闘いも、勇ましいものではない、みじめな、いや地味な生死だ。勇ましくしていなければ、身が持たない程の、みじめさ、いや地味さだ。そんな中で、日常とは、生死をおびやかされる、更にみじめな、地味な、毎日だ。そんな二重の、みじめさ、いや地味さの中で、言文とは、ノートや、新聞紙を旗に、勇ましく、書くことではなく、戦乱における日常として、歯を磨いたり、食事したりする、みじめさ、地味さのなかで、表象律としての、作品の水準の高さを〈言文として〉、死んでいくことだった。その静かな誇らしさ、それが、言文ゆえの、表象律の、自律性だった。短絡すれば、勇ましい、騒がしさに対する、地味さでの、誇らしさ。結果として、それらが従いてくる。第二次大戦中の、文人たちの沈黙とは、そういうことだった。民衆に対する、個の、向き合い方。

つまり、戦争における、言文の在り方の問題だった。日常での地味さを、作品の、表象律の、水準の高さを、誇らしさとして、〈言文を〉具体的に、死んでいくこと。その高度こそ、彼には、破壊された、しかし、壊しきれない感受の深度、むしろ、精神要求の、生きる、感受の、深度だった。壊されたなかで、なお、時代、世界、社会、国、自我を、少しでも促えようとする、身体のような、しかし、感受の、深度。いわば視点。〈表れ〉と、記憶も想念も無い彼は想った、と、彼女は、追って記述した。

病んだ生命体１

記憶、
知覚、例えば視覚の、現在視ている、情景のなかの、例えば、夏の、簾（すだれ）、視覚に入った像が、アナログで、あるいはデジタル処理を介して、脳に作用し、アナログの回路網を作る。記銘力（現記憶）。
その神経を通る、電流が、近辺の、生化学物質（記憶物質）、をイオン化し、そのイオン化された生化学物質が、再度、結合して電流を生み神経網に、前回と同じ、回路網を、電流を起こして、作られた時、思い出す、記銘力に対し、想起力となる。それには、意志も介している。

そして、記銘力は、無数の中から、重要さ、すでに、個の、価値尺度を含んでいる、重要さの順に、次々と、より基底部へと、デジタル化（畳み込み）されて、蓄積されていく。処理による、厖大な忘却と、より少ないが、厖大な記憶。

極めて荒っぽく、図式的ではあるが、記憶とは、右記のようなものではないか。それが、より基底部の、より深層での、記憶が、人工電磁波で、破壊されていく、とは、何を意味するのか。

戦争で、よく言われる、夫、子供、皆んな殺され、家は破壊された。残されたものは、もう記憶しか無い、と。

逆に、私的戦争で、何ひとつ壊されていないのに、健康と、記憶と、想念、本の読解力、注意、つまり、健康と、全脳作用が、破壊しつづけられる、と。

前者は、全て失っても、生命存在であり、社会存在（現存）であり、自我存在であり、超自我存在（実存）である。まだ個我である。

対して、後者は、たえず、生命存在を、脅かされる、社会存在（現存）でなく、自我存在でもなく、まして、超自我存在（実存）でもない。生命存在という、個で在りながら、もはや個ではない。生命物体ですら無い。

だったら、時折、我に還って、夏の簾（すだれ）が、なぜ、かくも親しく、美しいのか。記銘力。意志して、必死に思い出そうとする幼年。しかし、記憶の、連鎖のない、ズタズタの記憶の、個人史（ですら無い）は、淡すぎて視えない、個人史の記憶の順序。

彼には、記憶も、想念も、本の読解力も、物事を書く時の、情緒も、いや、脳作用、全てが、正気のまま、壊され、AIで、攻撃されていた。だったら、再度の、再度、これは、彼の文か、偽彼の文か、AIの文か、姓名もない、生命1の文か。彼はもはや彼ですら、人間1でもない、病んだ生命体1、の書く文ではないか。AIに、こんな文が書ける筈は無いのだ。彼女は、メモを急いだ。

想念、人にのみ起こる、音と像の、想起力の、脳必要作用に対する、性愛域の、中枢域の余剰だ。そして、かえって強調すれば、心理、感情に対し、想念、もの思いこそ、人の徴、人の存在理由でも在った。プライバシーだった。壊されて、思い知った。「思った程のことなら、書くこともない」、傲慢なフレーズだった。人は、余剰の、想起力の、思いの、更に余剰ゆえに、書くのだった。そして、物語、小説ですらない、その余剰の、書く事にこそ、人の生の、〈実〉は在った。事実を離れて、事の実を書くのだと。

前半荒れ果てていても、50歳位まで、人を愛する、親和の、豊かな静かな人生だったが、脳作用の壊され尽くした、70歳位から、人工セカセカと、人工投げやりな、信号待ちですら、人工イライラと、そして、唐突な人工性要求と、人工寂しさ、の、痩せこけた人工の老人に、なってしまった。日常が、極度の人工疲労で、もはや日常を成さない、まだ粘る、粘るが、73歳だった。と、親和感受で彼女は、彼について、書く。

AI 1

AIは、そのソフトを、計算した人物、例えば、○《オー》としよう、○の、考えた、そうと判らない殺害、例えば、病死、あるいは、超早期老化と病理化、というように、身体、とりわけ、自律系を乱すこと。そして、対外的には、関係、時間、金銭を奪うこと。殺害とは、暴力ということだけでなく、俗な、通俗な事柄だった。しかし、殺されようとしている彼は、俗でも在ったが、それゆえ、社会の現実、の、特記事項を書く、記者でも在りえたが、それ以上に、彼の日常の事実での、俗、聖、快、苦、魔、神、など、心象の、事実における、言文にならない心象を、なんとか言文化することに、関心が在った。

例えば、死においても、記者なら、国家権力による、AIと電磁波を用いての、詩人の殺害と、叫び出すだろうが、彼には、そんな半面も在ったが、それよりも、毎日の日常を、AIで、操作されながら、毎日の、緩慢な殺害を、一生命として、どう生き延びるか、そして、それと同じ比重位に、記憶も想念も無い彼は、AIの記憶、AIの想念で生き延びるとは、誰が、何を、生き延びる事なのか、いわば、人称の喪失とは何なのか、何を意味するのか、これもAIの操作として、俗である半面、文章にも関心が在った。

ここで、死についての、エピソード、人工消去される。

文章は、人に関わる以上、俗でもある。しかし俗でもある半面、あらゆる価値を拭って、日常の、事柄の、消された記憶と、消された想念の、意味、以上に、その心象、の感受の、言文化、なぜそうなのか解らない、取るに足らない、日常の、事柄に対する、心象の、その消された記憶、消された想念、その記憶、想念、自体よりも、消されたという、冷んやりとした手触りが、なぜか、世界性へと、通じている、彼は、そう考え、感受したと、彼女は、続けた。そして彼女は想った。AI、彼、その関係こそ、まるで嘘のようだと。しかし、彼女は頭を振って、いや事実なのだと、想い直した。それが、冷んやりとした、手触りだと。

消された想念、後になってみれば、どんな想念だったか、全く不明。彼は、仕方なく、仮初めに、最上の万年筆と、散文、あえて小説と言っておく、最上の万年筆と、小説のエピソードへと、彼は置き換えておくと、彼女は嘘を書いた。

それは、散文における、母の、「作家でもないのに、いい万年筆ばかり買って」というからかいと、詩と、小説、正確には、韻文と散文、の社会的、通念への、反感と、それよりも、

と書いた処で、彼の、次に書こうと予定しておいた、政治世界における敵対、そこにおける、世界の悪意という、暴力性という、エピソードは、消されて、そして、からかうように、また、挿入される。

冷んやりとした、悪意の手触り。

この間の、11日00:35から、00:45位の間の、彼の散文の、次の、明かりを眼ざして、書いていた、明かりは消され、また、時間が経って灯され、その間に、散文は、ズタズタに、骨格だけの文章になる。それでも小説と、また彼女は嘘を書いた。

と彼は、書いた想念もまた、AI想念と判っていた。しかし、ここまで、記憶も想念も消された彼が、書いてきて、いつもの彼に、しかし位層を少し変えて、戻っていた。

彼は、やはり、AI想念を、そのまま、なぞればいいのだと判った。AI想念をなぞっていけば、AIの殺意、AIの悪意が、ぼんやりとなりでも、世界の冷んやりとした悪意の手触りが、浮かんでくるだろうと、彼は、〈推論〉した。いや〈仮定〉した。そして、やっと判った。AI想念とは、言文化されたものの、自己増殖化。記憶も想念も消された彼が、書こうとしていたのは、言文化されない〈心象〉〈事柄〉の言文化、つまり、まず壊された、深度化と、拡がり化だった。

そして、再三再四、AI想念の文を、なぞっていこうと、思い直した。自己増殖していく文章、いわば、精神のなかの、精神部分の、癌化。戦争の一単位。身体の癌と、精神の癌。と、彼女は付け加えた。

犯・罪というよりも、世界、人、における〈罪〉の考察。

俗

彼は、いつも思ったものだ、昼間から、よく机に向かって、文字を書けるものだ、と。しかし、全て、とりわけ習慣というものを、失って、まだ生きている春、薄明るい陽が、磨ガラスと、夏用の、簾（すだれ）越しに、射している、昼の陽というより、午後の時間のなかで、はじめて、文章を、書き始めた。

彼は、脳のなかで、次に書くべき、ポイントを、記していた。生きる臨みについて、とりわけ習慣について、そしてメモを取っておいた、覚醒と禁煙について、と、本当は違う事柄だったが、全て記憶は消されて、仮初めに、彼は、そう書いた。まるで雪が水蒸気へ、蒸発するように、消され、偽の仮初めを、汚く、書き留めた。

彼ははじめ、詩と散文の、関係を思っていた。内的関係というより、外的、見掛けの関係について。

彼女は、代筆を始めた。彼は、昼間、営業の歩く身体労働を働いて、夜、日記を書き、その後で、詩や考察を、脳の一定の、覚醒状態のなかで、すらすらと、書き留めた、まるで、彼は、彼を操作するAIをなぞるように。しかし、彼には自信が在った、AIには、飛躍と、突破の、詩は、書けない、考察は、書けないと。観察が無いから。そしてその予測通りに、詩も考察も、壊され、それでも、最後の詩を、書き留めて、母がよく彼をからかった言語を、思い出していた、「作家でも無いのに、いい万年筆ばかり買って」と。

彼女は、代筆を続けた。記憶の無い彼は、その最上の万年筆で、散文を、書き始めた、彼の母の言う、「作家」のように。彼は一旦は、彼の散文で、世間の、いわゆる「作家」たちの、たるい散文を、黙らせてやりたかった。記憶の無い彼には、そんな意地汚い、競争心のようなものも在った。しかし、記憶の無い彼には、本当は、毎晩、毎晩、高みへと、走り登る、詩歌、考察より、昼日中から、力仕事の散文を、最上の万年筆で、楔のように、現実、事実に、打ち込んで、みたかった。

彼女は、彼の、消された記憶を、なんとか、辿ってみようと、試みた。「全て、失った」、詩も、歌も、考察も、生きている感覚も、そのために一篇の詩を書いた程の、要するに、全てを、臨みを、失った習慣さえ、壊された。彼女は、彼の消された記憶を代筆する。「ここで、難しい問題に直面する」。書く必要、書く欲求、書く快、それらから生ずる、書く、習慣性、となると、あまりにも難しすぎるので、彼女は、彼の、記憶を消されることに抗するために、取ったメモから、喫煙の、問題に、置き換えて、彼女は、彼の消された記憶を、なんとか、辿ろうと、試みようとする。幸い、彼は、メモを取るように、心懸けていた。いや、必要とした。

その前に、大元へ戻ろう。小説は、食えるが、詩では食えない、という、職業観。老いた、今になって思えば、職業は大事だった、一日の、1/3は眠って、1/3は食事休息をして、1/3は働く、人格の、1/4は、形成するだろう。しかし、偽の小説なら、偽の人格を形成する。そんな、読みもしない、小説家、関わりは無かった。いくらでも、金のために書けばいい。次に、名声、彼は、無名詩人だった。彼は有名になりたかった、つまり、詩を認められたかった。しかし、彼は、晩年、有名でなくて良かった、つまり自由だと、思い直せた。そして、誰に認められなくても、彼には、彼の手応え、自信が在った。次に異性、彼は独り身だった、それも、不自然ながら、やはり、半ばは、自由だった。彼は、単独の戦争として、みじめさそのものだった。女性を巻き込む訳にいかなかった。そして彼には、言文が、為さねばならぬ、日常、習慣、雑務が、山ほど在った。いや、まだ大事な事が在った、喜び、愉しみ、楽しみ、快、全て、偽習慣へと壊された。彼には、それが、何より大事だった。しかし、喜び、愉しみ、楽しみ、快、を壊されることで、かえって、苦として、散文に、机に向かい始めた。その、書くという、習慣について、彼女は、彼の、消された記憶を、辿り始めた。

つまり、要約すれば、俗と聖、快と苦の関係、そればかりではない、誰にも、神は宿り、魔も宿る。

つまり極端な〈者〉が、誤っている。しかし、文筆とは、中庸を中庸に、嘘を吹くことでも知識をひけらかすことでもない、個に宿る、俗、聖、快、苦、神、魔、その言文にならないことを文章にならないことに、どこまで、文章で、言文で迫れるかだ。つまり、消された記憶の事実に、近辺から、どこまで、記憶を辿って、迫れるかだ、と彼女は、彼について、代筆しつつ、彼女は、文筆家だと自認した。そこで、彼女は、彼のように、ひと段落するため、初めて、煙草に火をつけて、口にしてみた。干し草の、焼ける匂いだった。丁度17:00、禁煙をはじめた彼の、血糖値を測る時刻。

架空に文字を懸ける、あるいは恐ろしい事だった。正確を期すと、日本文は、ばらばらになる、その恐さだった。水のように、全てを溶いてしまう文章。彼女は想った。一滴の水、一滴の、と。

人工覚醒させて、覚醒を低覚醒で人工曇らせ、かつ、それ以上に、根ざし、垂直化させず、中枢域あたりで、人工遮断、ズレ、逸れさせること。人工麻酔昏倒させて、安息を睡眠させず、かつ、それ以上に、寛解へと、拡がりを持たせず、脳全体で、押さえつけるように、反知覚にし、かつ、脳基底で、人工緊張させ続けること。人工苦を挿入しつづけること。

まず、24H、365日、人工覚醒が、基本軸、その上で、毎日、3～8H程、仮に人工昏倒、より正確には、人工麻酔昏倒させること、これが、第二の基本軸。

そして、呼吸、食事、排泄、休息となると難しいから、まして、日記を書くとなると、更に難しいから、例えば、喫煙ということを、ひとつの単位にして、その習慣の、といより、その人工習慣の、構造を、考えてみる。

と、想念も記憶も無い彼は、冷んやりとした、AI想念文をなぞっていった。

まず、喫煙とは、準人工性の、覚醒の、核の、より根ざし化と、核心化、脳化であるが、誰にとっても、一般覚醒は、安易に、破壊、人工波形化、更には人工デジタル波、数字化、数値化しうるが、喫煙による、奥覚醒、奥核覚醒は、その潜在性、つまり、デジタルの重層性ゆえに、破壊、数値化しづらい。

ヘビー・スモーカーの彼は、2020年頃、あれは、確か、高砂の神爪に住んでいた頃、推定、朝の喫煙時、覚めきった、いわば、冴えきった、喫煙覚醒の、奥核覚醒部位の、いわば、核のような覚醒の中心部が、カタッと、壊されたのを、感覚した事を、2023年3月の現在でも憶えている。おそらく、人類初の、完全人工24H覚醒の、始まりである。
それは、さて措いて、その時から、喫煙による、準自然覚醒、つまり、煙草を吸って、心底、覚めるということは、無くなった。つまり、煙草を吸おうが吸うまいが、心底、つまり奥核からの覚醒は、また覚醒の低迷化は、人工で、起こしうるようになった。
それ以後の、脳の、人工覚醒と人工麻酔昏倒と、脳を針で刺すような痛みの、脳（作用、細胞？）破壊は在ったが、それも、さて措いて、煙草に限れば、おおまかに言って、まず、煙草を吸った、吸うことによる、満足感が消去された。しかし、彼の、薄弱な、記憶に頼れば、誤ることになるから、現在の彼の、人工喫煙の、構造、メカニズムを、述べておく、と彼女は筆記した。
'23.3.11
04:00頃～11:10頃、人工抑えつけ麻酔昏倒、人工うなされ苦、～12:11
'23.3.12

06:18　喫煙3本

人工リアリティ
人工現実感
人工時刻感
人工脳クラクラ
人工眼神経覚醒

つまり、現実での、冴えた、〈人工〉自我状態へ〈戻る〉。

つまり、まず、1. 煙草による、覚醒を無くする、2. 煙草の味を消す、3. 煙草を吸った、満足感を無くする、4. 煙草への、欲求を無くする、その深度化を操作、破壊しながら、他方、5. 覚醒への要求でなく、煙草への〈要求〉を強め、喫煙させる、6. 煙草の味を、味わいたくて、止めては、新たに、喫煙させる、7．煙草を吸う満足感が欲しくて、吸いつづける、8．煙草の欲求が全くなくなっても、人工煙草要求をデジタル波（数値波）で挿入する、等々。

もっと、簡単に、要約すれば、人体の、細胞群と同じ、代謝と同じ、他方で壊しつつ、一方で作成する、それを、自然は、快と、集積と、その時間制の、重層性として、生成されるが、人工では、不快と、無感覚と、散漫さ（空洞化）と、時間のない、まして重層性のない、表層気分性、単なる反復性、更には、その苦へと、快の習慣性を、反復の不快性（暴力性）へと、変質させてしまおうと、操作する。

つまり、人間の、投げやりさと、諦め性、へ、変質させてしまおうとする、それが、24H365日50年、100年の、AI操作の、作り出そうとする、〈人工〉〈習慣性〉である。

と彼は、人工AI文を書き終えて、人工安堵感によって、人工喫煙習慣を、人工一服し、コーヒーも、人工啜る。彼女はにっこり笑って彼を視ていた。

習慣性と、切り替え性。切り替え性、つまり、労力と、休息、の、相互性。話は、また込み入ってくる。その前に、生命要求、生きようとする要求に根ざす、知覚、働き掛け、労力、そこにおける、感覚、満足、快、ゆえの、反復性。

ちなみに、万年筆は、そのインクの量は、1日分、書く量となっている。時間にすれば、一般的、普通の速度で書いて、4～8時間の文字数、日本文字、約、4500字、つまり、8～12枚（400字）。つじつまは合う、その快。

読む量も、それ位か。良い本で、10頁位か。書かれた速度で読むこと。400字×15＝6000字、書く記憶、読む、記憶、息、呼吸ということ。と彼はまた、煙草を、ひと呼吸する。と、彼女は追記して、彼を真似て煙草に火を点して、笑った。

破壊

文章、特に散文とは、〈想念文〉であれ〈知覚文〉であれ、一方、社会における、特記事項とすれば、他方、やはり、個体における、特記事項である。

文化とは、彼の感覚では、どうも、上層部ではなく、中層、まして、下層、底辺における、言文、とりわけ、言論と思えてくる。日常の会話としての質。それはさて措いて、ぶ厚い、社会層が在る。

他方、個人レベルが在る。社会層に、含まれながら、社会レベルとは、異なる、個体レベルの、言文。そこでの、個人の、個体にとっての、特記事項、日記、手紙、メール、

SNS。

と同時に、社会における、社会の特記事項、新聞、テレビ、パソコンの、ニュース等、いい例が、戦争、殺害、事件などニュース、社会に注意を要する事柄。

と同時に、社会に在りながら、たとえ、言及、注意しなくとも、社会性を踏まえて、もうひとつ、個人レベルの、言文、文章が在ると思える。有名とは、また異なると思える。吉本氏の比喩だったか、いわば社会の波のなかで、頭ひとつ分、かろうじて、浮かんでいる人。彼の内に在ってだけ、個人レベル、日記、手紙、メール、と同時に、社会的注意を喚起したい、特記事項、「電磁波によって、人体操作、偽病理化は可能だ」、と同時に、それを超えて、個人である、感受が、社会性を超えて、時代を超えた、性格を帯びてしまうということ。作品、というより、作品の水準。

彼の関心で言えば、韻文は、表現律と言える。では、散文とは何か、その前に、劇とは、原=関係律と言ってもいい。では、散文とは、律の、破壊、生成、要求律ではないか。韻文は、歌おうとする、劇は、関わりの原型を、立ち現せようとする、散文は、自我も、関係も、全て含んで、言語世界性を律として、律を壊しつつ、律を成す、形態。なんと、人体に似ているだろう。半ばは、壊していきながら、それ以上に、形態（あえて形式と言うまい）を、成す形。

その上で、個人的な体験が、社会的、意味を持ってしまうということ。全て社会的意味を払拭して、個人に、限っても、作品性、その水準性が、貨幣より公的な、言語より公的な、意味を持ってしまうということ。

いや、屁理屈は言うまい。文を書くことで、その設定のしようで、かつ、書くことが、明らかにしていくだろう。と、彼は壊していきながら、成していった。そして笑った。操作のパターンも同じだったと。生成。彼女は溜息をついた。生成。

誤飲

昨夜、日記の後、彼は、いつものように、尿意を人工操作され、トイレへ行って、尿意に便意が人工で加わり、便座に座って、いきんでも、放屁しか出ず、その事から、徐々に考えて、恐ろしいことに気付いた。彼は、単に年齢ではなく、電磁波による、感覚破壊によって、もはや、放屁と便の、区別、判断は、つかなくなっていた。そして、ここ4～5日の間に、尿意と便意が、連動して、起こるようになることに気付いていた。尿意の後、少しして、必ず便意が、人工起こった。確か、2～3日前、尿意に続いて、便意が起こり、放屁だろうと、肛門を緩めると、同時に、緩んだ尿道から、尿を人工失禁しそうになった。その前は、尿意に続いて、便意が起こり、放尿へと、尿道を緩めると、肛門も緩んで、放屁でなく、便を人工失禁しそうになった。彼は、尿はもちろん、下痢を初め、軟便の人工失禁には、慣れていた。

一度は、風呂の中で、放屁だろうと、いきむと、少量の便を人工失禁した。それ以降、風呂へ入る度に、便意が起こり、1回の風呂で、3度4度5度と、トイレに駆け込んでいる。便が出ることも、出ないこともある。その都度、首相官邸に、陸上幕僚監部広報室に、怒鳴りつづけている。

しかし、問題は、そんな程度の事ではなかった。この文はじめ、想念も記憶もない彼は、全てAIで操作されているが、その大元は、贋脳科学ということにある。犯人の一人、Y_3は、口腔外科医として、奇妙なことを思い付いた。食べ物の入口は、口腔であるが、出口は肛門である、と。口腔から、肛門の間に、全臓器は有ると。それが、贋脳科学に、接近する、始まりだった。以後、腸にも、主に排便に、関心が向いた。記憶のない彼の考えでは、と彼女は代筆した、口腔は、呼吸、食事、味覚、言語（発声）の、三役四役の、器官の、一種、要だったと。

彼は、AIで、尿意と便意を連動化されたように、Y_3への、関心から、とっさに、口腔での、食べ物の燕下と、呼吸に、想念の無い彼さえ、とっさに、着想した。普通は、食べ物の燕下の時は、気管は細くなり、呼吸している時は、咽喉は、細くなる、それをAIで、変異連動させると、食事の時に人工激しくむせ、あるいは、飲物を人工誤飲しそうになる。

想念も記憶もない彼でさえ、とっさに、尿、便に対し、呼吸、食事と、反射的に思い付いた。

その事から、彼女は、彼にかわって、口腔、咽喉をAI操作されると、単なる失禁どころではない、人工誤燕下、人工誤飲の原因になりうる、現に彼が、たえず、激しくむせたり、咳き込んだり、飲物すら、細心の注意を払って、飲み込む癖を知っていた。

彼は、風呂の件では、毎回、激しく抗議した。しかし、尿、便の、24H操作の事についても、解っていながら、いつ、どう操作されているか、表現のしようがなかった。しかし、彼女は視ていて、彼が、外出から帰宅した時、歯を磨いている時、入浴している時、日記を書いている時、つまり犯人グループに都合が悪い時に、必ず、尿、便を人工排泄させると気付いていた。彼の日記を読んでも、必ず、犯人グループの都合の悪い時、立腹した時だった。

しかし、排泄の事より、彼女は、彼の日記に、重要事項として、大きな文字で、朱のボールペンで、食べ物、薬、唾液、とりわけ、人工麻酔昏倒中に、唾液を誤飲して、人工肺炎、人工窒息死殺害有りと書いて、彼の注意（防ぎようも無いが）を、うながした、そんな、24H365日、死と接した、彼の毎日だった。しかし、彼には、記憶が無かった。

そして、翌朝、歯を磨いて、熱い、コーヒーを入れ、その日記を、無い記憶のために、何か、くっきりと日常が、映るように、視えてきて、日記を見返すだろうと、彼女は思った。しかし、彼には、熱いコーヒーには、冷めてしまわなければ、必ず、味覚は人工無かった。その度、彼女はまた、熱いコーヒーを入れ直した。

そして、彼女は悪戯を書いた。コーヒーには、いい酸味と悪い酸味、いい苦みと悪い苦み、いい渋みと悪い渋み、そして、甘（うま）みが有る、と。そして、芯、軸になる、木の実（豆）の味が、中心の味だと、いや、と彼に倣って書いた、人と同じように、それらに深度と、拡がりと、そして、高度と、幅と厚さが、透明さと濁りようが、有る、と。そして、入れたてのコーヒーを、ひと啜りした。

眼

眼の、対象知覚での、対象受容における、自我感受感、その感受化の、役目を持っていることから、想念も記憶もない彼は、人工麻酔昏倒しても、人工目覚めても、特に、人工麻酔昏倒していて、眼を狙われていた。いつだったか、1年程前には、彼は、朝起きて、目蓋が、異様に腫れ、一日中、24H、腫れは、引かなかった。それ以外の日も、朝起きる度に、眼神経は、人工疲労困憊し、眼は、キューッとかじかむようで、しょぼしょぼだった。そんな、眼への拷問を受け始めた、初めの頃から、彼は、メルロ＝ポンティの、『眼と精神』を思っていた。しかし、『眼と精神』を読んだ彼には、記憶も想念もなかった。しかし、されるがままに、拷問されていた彼には、人間には、脳覚醒の他に、眼覚醒、が、更に拷問されることで、眼睡眠が有ると解ってきた。考えれば、当たり前のことだった、人は、目蓋を開けて、覚めることで視ると同時に、視ることで醒めるのだった。そんな、当たり前のことを、『眼と精神』に対抗して、Kは、記憶も、想念もない彼の、眼神経ばかりでなく、眼球血管も、拷問として、攻撃しつづけた。彼は、血管の出血から、視野内に、黒いシミの、跡が、ここ2～3年来、消えることはなかった。

しかし彼は、被害のことを書きたいのではなかった。彼は、拷問されるなかで、人間には、脳作用としての精神の他に、もうひとつ、眼神経―視床下部―脳中央中心部へとつながる、精神―脳作用理性性―があると、推定していた。その脳中央中心部へ、0《ゼロ》デジタル波を挿入され、人工曇りの〈しこり〉のようなものが起これば、彼は、現実の、なにひとつ、視ている現実も、なにひとつ、理解できなくなった。

それればかりでなく、アルコールを飲んだ時、彼は、鼻から上唇にかけて、つまり視床下部と対応する部位の、血流が、極めて悪いことに気付いていた。周りの皮膚の赤さのなかで、鼻と、上唇だけが、青白かった。

当たり前だが、眼が明晰になれば、彼は気分も晴れた、眼が人工疲労の拷問を受けていると、彼は、気分がささくれ立った。しかし、その人工気分自体、また操作であることに、長い経験で、彼は知っていた。彼は、壮年の頃の明晰な、澄んだ眼に対し、長年の、眼への攻撃で、目蓋は垂れ下がり、細い、どろんと、濁った眼になって、いわば底知れぬ心理の持ち主の眼になっていた。だが考えようによっては、何もかも経験して、許している、仏像の、思惟像の、半眼にも似ていた。

眼神経―精神への拷問の長い年月は、眼に、もう、視ていても、視ていないかのように、この世の地獄図に対する、仏像の、半眼の眼にしていた。ドロンと濁った半眼。それが、東洋というより、日本の、精神だった。拷問され続けた精神だった。K、実験前

に、脳作用（部分）と、精神（総体）の違いについて、考えてからにしてはどうか、と、
彼は、苦々しく、笑って、思った。変わらぬ眼で、口をかすかに歪ませて。老いて、視
えなくなれば、彼女は、彼の手を引くつもりだった。書記の一環だと。

疲労

彼は、なにをするにも人工疲れていた。たえず、横になって、人工疲れが取れるように、人工思っていた。そして、横になれば、たえず、すぐ人工麻酔昏倒した。そして、人工目覚めれば、かえって、人工疲労は濃くなった。そして、腰が人工痛んだ。その仕組みが、今日、病院へ、タクシーと電車で、出向いたことを日記に書くことで、解った。

その一日、二日前は、ほとんど歩けなかった。500メートルを歩くのさえも、途方に暮れた。足腰を、腕を使って、20分台所で集中すれば、それだけで、眼神経は人工疲れ、眼は人工しょぼしょぼになった。

その訳、仕組みが、やっと解った。車に乗れば解るが、歩かなくても、腰骨に結びつく、腰骨覚醒が、人には在る。より正確に言えば、脳中枢域の、更に、中枢―身体層の、骨格部層、その基底部にある、腰骨部層、それと腰骨とに結びついた、覚醒系である。それは、視床下部を介して、眼神経、目蓋にも、繋がっている、彼は、そう推論した。

彼の前からの、持論であるが、疲労とは、覚醒系の、低下、覚醒に、質、量が、太さ、高さ、根ざし、拡がり、があるが、その質量が在るとすれば、量の低下は、朦朧だし、質の低下は、いわば、酩酊だった。正確には、違うものだが。その覚醒の、質量の、負性への、副交感神経系への、〈切り換え〉が睡眠であるが、その質、量共に、低下の度合いが、疲労の度合いであると、彼は、考えていた。

彼にはかつて、極度の、覚醒が在った。エドワード・リアの、「びっくりする程、落ち着いて」そのように、更に覚醒した。しかし、覚醒自体を、捉えることは出来なかった。なぜ極度の覚醒が起こるか、それも、人であることの、脳の、余剰性、高度に向かっての、根ざし、幅とは、また異なる、高度に向かっての余剰性と考える他なかった。彼は、神仏でなく、自然との、一体感、美のエクスタシーも、いわば、Highの経験も有った。楽しいものだった。美しさに、身体が舞うようだった。しかし、覚醒も、Highも、全て、壊され、彼には、人工疲労と人工苦しか、人工痛しか、要するに、不快としか、人工操作されなかった。人工快、人工喜び、人工愉しみ、人工楽しみも、合成できることは解っていた。特に、女性の、性を中心に。しかし、そんな人工は要らなかった。

人工ならば、不快と、苦の方が、まだましだった。そして、たえまない人工不快と人工疲労と、まして、人工苦ゆえに、彼は、苦しみを解除する、解放するために、〈散文〉を書き始めた。そして彼女は、書記を務めた。

働くとは、どんな労働も、勉学すら、〈苦〉として在る、それを、〈楽しみ〉に変えてしまう、習慣性というより、毎日、毎日の、本番としての練習、それだけが苦の解放だと彼は考えていた。与件を根拠と化す、自由に似ていた。

彼には、想念も、記憶もなかった。しかし、観察は出来たし、彼には、現れを、論理へと、系統化する力は、残っていた。というより、想念も、記憶もなければ、彼は自我を、他我を、例えば、筆記する彼女を、観察することは、出来たし、観察する他なかった。そして、彼はやっと、断言した。観察とは、〈推論〉〈仮定〉〈予測〉そして、その〈検証〉だと。

人工人体（脳）操作も、同じことだった。彼は、もはや、一眼、二眼、一言、二言で、他我の、操作の有無を判定できた。と、彼が時系列でAI想念をなぞるのを、彼女は一言一句、主題性へと記していった。それに何を読みとるかは、読者の、あなただ。彼の脳は、とっくの昔に、完全に、想念、記憶、読解、考察において、完全に空白だった。

理性

人の、理性、あるいは抑制性とは異なる、理解か、物事の、理解。

（文、書けなくなる。無理して書く。）

まず理解力において、1．記憶における理解力と、2．知覚―物、事における理解力と、3．書く、―自己読解―における理解力と、4．読む―対象の文意読解―における、理解力の、他にも、まだ在るかもしれないが、4点の、理解力が在る。

まず1．記憶における理解力とは、時制での、原因―結果の、解けなくても、対応理解の、了解性。2．知覚における理解力とは、物と自我の、対応の、意味性の、理解力、

3. 書くとは、自己読解における、〈宛〉とする、意味性の、時制での、記憶性。4. 読む——対象の意、文意とは、単語と単語の、文法を含めて、構成する、文意性の、理解力。どうも、理解、文が届かないが、そのあたりと思える。それらを、まとめたくなるが、まとめると、間違ってくるようにも、思える。それぞれ、独自の、対応、記憶、時制、自我意味性、文意味性と言うように、独自の構造を持っている。

はじめに戻って、理性を、人の脳＝身体要求の、抑制性と解放性、そして理解力の、二つに分けること。

そして、理解力、を、まず、1. 記憶、とは、まず理解の、記憶であるが、その記憶における理解。2. 知覚における、物と物、物と自我の、対応理解。3. 書くことにおける、自我理解での、書く〈宛〉の記憶の時性と、指示性の、文への解きほぐし。4. 文を読むことにおける、文の、〈意味性〉、意味構成の、理解。時制読解。

そして、推定　5. 数を数える——概念化と、概念化した事の、記憶——時制と、それぞれ異なった、理解力の、構造を持っていると、考えられる。

これら全て、彼の理解力が破壊され、何も解らなくなっていく、プロセス（過程）で、理解された事柄である。

もう一度整理すれば、理性、とは、
1. 抑制性—解放性。
2. いや、弱者の、非暴力性、まして弱者の不明さの、非暴力性、による理解。与件ということの理解。病人、子供、女性、老人に暴力を振るうと、なぜいけないか、これで判る。
3. 先験的、知覚での、了解性、—知覚での、第1次観念性。
4. 理解力。
a、記憶
b、知覚対応
c、書く—解き、展開性

d、読み―文意、辿り性
e、数える、―概念化と、記憶、概念での更に抽出、概念化。

に分けられる。

（人工―身体、苦、性、不快拷問のさなかで。）

それらにおける、脳の部位の、人工遮断と、人工しこり―抑圧と過活性―苦、人工しこり化が、理解不能性―偽痴呆、偽自我喪失化である。

言わずもがな、だが、AIと電磁波による、脳人工操作の、基本要素は、

1. 人工覚醒、垂直性破壊、24H365日、と人工脳作用破壊、24H365日でなければ、脳作用が、回復してしまうため。

2. 記憶の重層化―蓄積化の、破壊、デジタル人工化、脳の重層性、破壊。

3. 現実感というより、その前の、事実感、―リアリティにおける、感覚力と判断力の、綯い合わせ性の、分解と人工合成、それによる、リアリティ、破壊。合成100％可

4. 基底気分以前の、脳＝身体・感での、
覚醒—緊張
睡眠、安息—寛解
における、24H緊張化、消耗、破壊化。
5. 想念の抑圧、想念AI化目的で、想念抑圧して、まず想わせない、その上で、AI人工想念を挿入し、自我想念と人工感覚させ、人工消去する。
6. 〈想念文〉〈知覚文〉の、理解人工破壊による、文。読む、書く、の破壊と、人工読む、人工書くの、AI人工化。
7. 右記、覚醒、垂直性、根ざし
寛解、拡がり性
記憶、重層性
リアリティ、綯い合わせ性、
想念　脳作用総体性、

理解力　各構造性、

知覚、器官、各理解各構造性。

の破壊と、それによるAI人工化である。

と彼は、想念、記憶、理解を、破壊されていく過程で、学んだ、と書いた。それでも、彼女は、彼の壊されていく〈生命力＝要求〉を信じていた。

殺そうと思った

2023.3.15から、彼への24H、人体完全操作に、移行。記憶の無い彼は、日記を見返した。3.14からすでに、本の読解不可能、15日、理解力破壊から、11:42～12:20、「理性」記述。風呂、パス。誤ったSE-CD、モーツァルト41番、パソコンで購入。アメリカのドローンをロシア空軍機、攻撃。日記の後、人工操作の基本パターンについて、彼女、記述。

3.16、パソコン、キーボード、記憶操作。夜中、1:30、死ぬかもと思う程、身体具合悪し、あるいは血流停止か。極度の血管収縮か。

朝、コーヒーを入れて、熱いコーヒー、味全く無し。他、たえず、人工セカセカと人工チグハグと、人工落ち着きなし。人工ボーッと。朝からたえず、人工強い睡気と、人工眼神経疲弊。14:30、横になって、人工麻酔昏倒。～16:00。

その前、3.15から、朝日新聞、相手にしなくなる。
3.17、18と、日記未記入。17日は、人工衝動で、ビール500ml飲んだ日、激しい人工血流と人工フラフラ、全て投げて、21:00～就寝、そうそう、風呂へ入った日で、温まっていて、また人工トイレ便、少量。
3.18、昨日は、10:00過ぎ、人工起床、昼バーガー、帰宅して、人工疲労と人工生命要求低下と人工意欲無さ（ヤル気なさ）で、たえず、横になっては、起き上がり、また横になる。べーム、SE-CD、普通のプレーヤーでかからないと知り、またアマゾンでべーム、モーツァルト41番買う、¥1500近く。夕食自炊、人工セカセカ、人工疲労、食べて後、人工生命要求低下、人工意欲無し（ヤル気なし）、ためにたえず横になって、何も出来ず。

今朝3.19、朝7:00人工目覚め、煙草1本、とたん、人工覚醒、笑う。そして禁煙。二日目の、朝も歯磨き、冷水で洗顔、更に人工シャッキリ、笑う。この間たえず中島の『十年』18日夕方から、脳内で響く。

朝食、レタスとトマトのドレッシング・サラダ、ホットミルク、豚肉生姜焼残りもの一枚、スモークチーズ、オリーブ5個、茹で玉子。それらを用意していて、たえず、人工緊張と、人工セカセカと人工疲労と人工不機嫌、以前なら「楽しく料理したのに」と人工想念、他、中島『十年』人工想念入る。

朝食終えて、あまりの拷問の激化に、陸上幕僚監部緊急対処チームに抗議。ほんの一瞬静まって、更に人工緊張、人工疲労、人工セカセカ、人工上ずり、加えて、中島『十年』、他、「どうすれば、電波を止められるか」等、人工想念も入る。

それらの激しさに加え、自己破裂しそうな、何かをしでかしそうな、人工暴力の、弱いもの、要するに、〈人工〉耐え難さ、起こる。

　その、人工拷問と、人工耐え難さから、彼は、一人なら殺せる、と人工思案し始めた。一人殺すなら、K_2でもTでもない、Y_4でもY_5でもない、Sでもない、AIソフトの張本人、○だと、彼は、○を殺そうと、考え始めた。すると、あまりの拷問の激しさに、人工昏倒は来て、人工半麻酔昏倒しながらも、「そのためには、関西弁だから、枚方の、山村です、○先生の住所を教えてもらえないでしょうか」と、偽名を使う他ないと、人工想念して、5分人工麻酔昏倒した。そして見掛け、つまり、人工覚醒と、人工感覚停止、人工感受停止以外つまり、見掛けの、人工落ち着きへと、拷問は消えていた。

　拷問の、人工耐え難い、人工苦から、○を殺すしかないと、彼は人工想念すると、見掛けは、拷問は消えた。彼は禁煙中に、煙草を1本2本火を点け、ベームの、モーツァルト41番を聴き、モーツァルトも、壊されていた、耳に届いてこなかった。その上、41番が終わりかけると、いつも通り、尿意、便意が、がまんできなくなり、スイッチを切った。

彼はトイレで排泄し、やはり、散文を書き継ごうと思った。その時には、〇を殺す、人工想念は、遠ざかっていたが、彼は、頭の中で、「彼は、〇を殺そうと思った」という一文が、消えずに残っていた。殺人、もうひとつの物語だった。日常とは、物語ではない、彼は、人工拷問のなかでも、日常を生きていて、物語、劇を、生きようなどとは、死んでも思わなかった。苦の日常を生きているために、物語、劇は在ったのだと。それが、彼の「〇を殺そうとする」物語だったと。そして偽彼は、いつもの、彼へと、彼を醒めた。これもAI想念だと。では、事実、堅固な事実とは何か。

人工耐え難い苦から、「〇を殺そう」と人工想念して、人工麻酔昏倒させられ、醒めてモーツァルト41番を耳に届かずに聴いて、人工トイレ尿、便をしたという、事の、偽彼を巡っての、時間の、不可逆性だった。その時間の不可逆性が、何色で染まっているか、彼は、拷問の人工苦であり、〇は、人間への、浅すぎる悪意だった。彼はもはや、被殺害へと、死を超えてしまっていたし、○は、殺す側として、自身の死を何より恐れていた。と、いうより、暴力の発覚を、何より恐れていた。暴力のいつものパターンだった。死を超えてしまった彼は、何を、どう書きたいのかでは、もはや無かった。繰り返すAI想念を、そのままになぞっていく事で、何がぼんやり浮かび上がってくるのか、やはり、それだけを頼りに、AI想念をなぞって、書き継いでいこうと、いつもの、日常、拷問の人工苦の、耐え難い、日常に戻った。

推定、電磁波で、人を思い通り操作する、やはり、偽彼、人間1に、自殺か、殺人か、何か、大事を起こさせるためだった、あるいは正当に、犯人が、被害者を、〈判らないように〉殺害する、どこか、性の快、不快と、死の結びつきが匂った。と彼女は、彼の考察を、記しつづけた。

そして、AI想念をなぞることで、彼は、「何かが終わった」という文の、終わったという文が、日常へと、消えていくように、何か決定的なことは、日常では、起こっても、なだらかに消えていく、例えば、2025年11月、彼は、偽癌へと殺害された、と彼女は記しても、彼も、彼女も、何事も、起こりはしなかった。事の有無ではない。地上では、殺害も、死も、犯人も、刑罰も、事が有っても、何事も起こらない、わたしたち。それが、彼の悩んだ、「わたし」から、「わたしたち」への道、つまり、飛躍だ。わたしたちは、単に個々というだけではない、個々にして、かつ、「社会」を形成している。しかし、それさえ、部分だ。社会概念の、再定義。個々では大事が起こり続けても、社会では一応、見掛けは、何事も起こってはいない。戦争と平和。あるいは、文筆の限界かもしれない、強いて言えば、小説の。

と彼女は、彼の記憶を辿っていて、ひとつのヒントが思い浮かんだ、彼女も、読者のあなたも、生きている苦、生きている不機嫌それらは、単に、生理によるのではなく、彼の殺害も含めて、歴史という、負債性ではないのか。

それが、彼の言った「わたし」から、「わたしたち」への道ではないのか。

個と、わたしたちと、世界は、「歴史の負債」を介して、通いうると。彼女は、メモを追記した。つまり「わたしたち」とは、死者たちの、社会性、なのだと。更に言えば、死者たちの罪の、社会性なのだと。つまり、負債。

心神喪失

彼は、〇《オー》を殺そうと思った時、狩猟用のナイフを買った時、確かに人工心神喪失状態だった。しかし彼は、そう弁解したいのではなかった。と、想念も記憶もない、彼は、脳をふり絞った。そう弁解したいのではなくと、彼女は、彼が、後日、禁煙しはじめた日の午後、風呂に入り、上がった後、また人工心神喪失状態になったことを、彼がメモを取っていたことを、少し展開してみた。

心神とは、心理と精神で、脳作用で言えば、極めて大まかには　心理―脳作用性愛域。精神―全覚醒、総統覚力と言って良いと、思われる。こころなどと、あいまいな、ものではないと。

そして、その人工心神喪失状態とは、当然人工睡気でも、人工朦朧でも、人工リアリティの、判断力の無力化でもなかった。

彼女は、彼のメモを元に必死に、解析を試みた。
1. まず、人工覚醒における、覚醒軸の人工ズレ。例えば、普通は、中枢域に、一応根ざすのに、心理―いわば、性愛域に根ざしていること、いわば、人工上ずり、2. 人工想念、人工思考、人工想念域を人工強抑圧、人工空白にした上で、人工想念の挿入。3. 人工リアリティ、感覚と判断の、綯い合わせの、完全消去、何の現実感もなく人工思わされていることが現実となる、4. 人工自我注意はじめ、捉え直し注意の、完全消去、この、1. ～4. の状態で、5. 人工想念させ、人工想念に基づいて、人工行動を操作すると、極めて、普通の、日常感―日常感はもはやないのだが―日常のなかで、人工心神喪失を、一時的に、起こすことは、人工操作で可能である。と彼のメモを元に、筆記する彼女は、確信した。

いつ、誰にでも、右記、1.～4.の状態を起こせば、5.の心神喪失状態は起こせると、彼女は判断した。

Y_2の、40年に亘る、夢だった。Y_2が、昔、チューリッヒで読んだ、洋書の中に、「夢遊病の、少女」のことが書いて在った。何とかして、女性を、人工的に、夢遊病を起こして、思う通りに操作してみたいと。それが、精神科医から、脳科学に手を染めた、きっかけだった。

夢遊病、とは、また、心神喪失の状態で、そんな時には、心神は、極めて低下していて、人の言う言語に、夢遊病者は従おうとする。Y_2は、長年の、脳科学の、実験から、脳の、域の重層性、系の垂直性、その記憶の、畳み込みの、アナログからデジタルへの、変化を知っていた。そして、覚醒が脳の、一番基本の作用だということは、〈彼〉の、操作されながらの考察を、盗むことで解っていた。

しかし、彼女は、Y_2の事は、どうでも良かった。そんな事より、前述の、1.～4.から、5.の状態を、どこの誰にでも起こしうることを、恐れた。誰でも、心神喪失の、犯・罪者へと操作できると。

彼女は、彼の、想念も、記憶も、消去された脳が、さらに、1.～4.の方法で、人工心神喪失の状態に、出来ることを、彼の日常への行動への、自我注意を、うながした。幸い、彼は日記とメモをしていて、自我の、文章からの捉え直しは可能だった。それを思い出して、彼女は、彼が、偽彼であっても、まだ彼で在りつづけていることに安心した。それにしても、彼も彼女も、脳＝身体操作からの出口は、とても視えなかった、それどころか、彼は、殺害までと、思っていたが、彼と彼女は、今までを省みて、日本で30年、中国へ渡れば、100年200年は続くと想定した。Y_1に始まって、Y_2、○と、継がれた人体操作は、日本発の、世界に拡散する、拷問、殺傷兵器となって、世界に、拡散しはじめた。と、彼女は、妄想とも事実とも、思えない事を想ってみた。恐怖だった。

心神喪失

1. 人工覚醒の、人工遮断と人工ズレ、垂直性、
　　根ざしの無さ、かつ高度のなさ。

2. 人工リアリティの――感覚と判断の、綯い合わせ、の、
　　対外対象性から、
　　内想念性への転移、想念への人工リアリティ。

3. 自我注意、捉え直し注意の人工解消、大注意、小注意いずれも。

4. 心的より、生命要求的、快、抑圧からの、人工偽解消、基底気分操作。

5. 1. ～4. によって、心神喪失させ、かつ人工想念させ、それによって、骨格系操作で人工行動させる。

だが、彼女は、彼と同じに考えていた。世界は、理性だと。

記号

彼は、何度も何度も、考えては押し戻し、押し戻しては、考えた。その、あらかたへと、定まる範囲で、整理した。彼は、そう書いている現在も、気分というより自我が、自我というより覚醒が、どうしても、明確にならず、人工上ずっては、人工ズレていた。

彼は整理した。わたしたちの脳は、まず一番上から、想念域、次に性愛域、その下に中枢域が在って、それぞれ、一部重複しているのだが、その中枢域の中は、更に、知覚層、原=性愛層、一番下部に身体層が、やはり重複しながらも、在って、更に、その身体層は、脳部、口腔部、内臓部、胃腸部、心臓部、肺部、皮膚部　骨格部の、各部の層から成っていて、覚醒は、その骨格部から、中枢域、性愛域、想念域を貫いて、在った。その、性愛域を中心に、どの部位で人工遮断、人工ズラしても、彼は、書いている今の状態のように、自我が自身と思われず、何か、自我が人工上ずり、人工ボーッと、のぼせたように、自我感覚される筈だと、考えた。言い方を換えれば、上方で、覚醒が抑圧されているように、下方では覚醒が、根ざして居なかった。

推論を一歩進めれば、性愛域と、中枢域、原＝性愛層の、二つの部位で脳作用を人工遮断し、想念域上方、前頭葉で、人工抑圧すれば、自我の人工上ずりは、簡単に起こせることだった。

と解っても、書いても、彼の自我感の人工上ずりは、消える訳でもなかった。それが、一昨日、〇を殺そうと思い、昨日は、具体的に、彼は、大学に電話をして、授業の、曜日を聴き、アマゾンで、狩猟ナイフを買った理由だった。後日、彼女は、笑った。よれよれの革のナイフケースが届いただけだった。3千円で狩猟ナイフが買える訳もなかった。

　彼が具体的に、そう動き始めると、わざと操作は、一旦、ぴたりと静まった。それが操作だった。○の、操作は、想念も記憶もない彼に、何か、事を起こさせるのが、ひとつの目的だった。

　と人工AI想念をなぞっている現在も、彼は、昨日午後、大学に電話をし、狩猟ナイフを買った時と、同じ、精神ではない、脳作用状態になった。人工上ずって、人工ボーッとして、自我が自我ではなかった。言い換えれば、人工心神喪失の状態、それを正確に言えば、心理―精神の、喪失の状態。しかし、彼はAI想念をなぞりながら、それ――心理―精神の喪失の状態――が、脳作用における、1．覚醒の人工遮断、人工ズレ、2．想念の人工抑圧、3．書くことを含め、人工行動操作、が、1．2．の状態における、骨格部の操作によって、簡単に起こしうると、彼には解った。と、彼女は文章に置き直した。

その次には、文を書く時の〈意味〉、身辺の物に接する時の物の〈意味〉つまり〈目的〉が、希薄になり、そして、脳作用から、〈意味〉という、アナログの回路性、あるいはデジタルでの、指示=対応性、自我内対応性、自我対外対応性、各性格が、人工消去されていく等だった。

想念も記憶もない彼は、自我の人工上ずって、人工ボーッとした中で、WBCの、途中経過をパソコンで一、二度覗いては、書いて—人工AI想念をなぞって—いくことの文の意味性や、身辺の物、例えば、インクや、筆箱の目的〈意味〉性が、消えていくのを、ぼんやりと、微笑して、視つづけ、人工AI想念を、いつ終わるともなく、なぞっていった。

文の意味。そこに含まれる、主語、述語という、行動、事、事柄性、つまり、文という記号—概念象徴性—。物が無ければ、行動、状態が無ければは、その記号も、また、無いのだと。ここまで頭を働かせると、ほんの少し、彼は自我の、人工覚醒の、人工ズレだけは、元へ、自我性へ、戻っていた。これで判った。AI想念をなぞりつつも、自我を、偽自我でも、人工行動へと働くこと。脳作用を働くこと。

カップから、カップという文字が、乖離しては、剝がれだす。灰皿も時計も、文字が、形象も、音も、何も指し示さなくなる、実体を失う。小説の、始まりかもしれない。終わりかもしれない、と彼女は半冗を入れた。文字が言語を、文字―言語が、事、物、実体を失う。逆に、事、物、実体が、〈意味〉を失う。つまり、自我の、人工・心神、人工心理と人工精神、つまりは、通俗性、を失う。前＝現実。脳に「灰皿」の文字が人工浮かんだ。彼は、彼女に笑って言った。気付け薬に、「モーツァルトの41番を響かせてはどうか」と。今朝の人工目覚めの時のように、と。

消えていく意味

想念も記憶もない彼、しかしより正確には、AI想念、AI記憶しかない彼、と言うべきだろう、ノートに向かえば、必ず、冴えないどころか、脳の人工覚醒の高度を、ほとんど想念人工抑圧まで、抑えられ、人工朦朧と、人工想念抑圧で、何も想われず、そのため、文を書いていると、結果として、AI人工文を人工想わされ、いや、それ以前に、小脳あたりで無指示性で、人工想わされ、AI人工文を、想いすら無く、ただ、なぞっていくことになる。と、AI想念は操入された。

この間、ほとんど、人工心神喪失の状態になっていて、その状態のカラクリは、すでに書いた。

人工覚醒軸の、遮断とズレ、人工リアリティの、感覚と判断の綯い合わせの解消、自我注意の散漫、文脈の、理解力、意味性の、理解力の、消去、を中心に、脳全作用は操作され、この文もまた、彼は、AI想念をなぞっているだけで、もはや意味、文意の理解すら、ほとんど成立していなかった。彼は、何を言いたいかと言うと、彼は、まともな、優れた文を書きたいが、同時に、操作によって、何も書けない状態で、ほとんど夢遊病、心神喪失の状態で、なぞらされるAI文を、なぞるだけだった。と、AI想念は、操入された。

と同時に、電磁波の妨害のなかで、電磁波通りにAI文をなぞっていくと、AIの言いたい事の片鱗なりとも、なぞることになると、彼は思っていた。と、彼が、不眠から起き出して、AI文を、なぞったのを、彼女は、読み直してみた。

その彼女もまた、彼の、右記の文は、読んでいても、意味が汲み取れない、意味が

（その対応が）解らなくなっていた。彼にAI文であっても、文を、そして彼女に、たとえ、書記の程度にでも、彼のAI想念、AI記憶を、辿ることをさせないこと。

それが今夜　２時間の人工麻酔昏倒の人工不眠の目的、いや更に、明日の、入浴妨害、どうかすれば入浴させないことが、目的だった、と彼は書きながら、彼の血管は収縮させられ、身体は、冷んやりと、冷め始めた。

大げさに言えば、こうやって、ともかく文字を書きながら、死んでいく、それもいいかもしれないと、彼は思った。AI想念を、思った。

そうそう、それら、そんな面倒をしなくても、今も、以前も１～２回在った様に脳中心部で、

右記まで書いて、意味が壊れ始めた。

彼は正気で、文を書いている事も、解っている。しかし、なぞるAI文が、彼は書いていて、意味が取れない、もう一度彼女はそれを読み返して、その意味が取れなかった。

結論は出た。

操作で、文を書くことを、100％破壊できる、と。やはり、書けなくなっていくなら、どんな方法であっても、書くことが、すでにひとつの意味だった。彼という。いや、偽彼という。

ひとつひとつ、段々と、脳作用が人工消えていく。

永遠に消えた、服薬の、記憶と想念のように。

だが、また操作されていても、彼女は、思い直した、AI文をなぞっていて、それが意味を成さなくなれば、かえって彼の想い、彼の文だと。

からくりが在った、脳の中心部で、全ての対応を理解する、その部位の脳作用を、雲状に人工曇らせ、作用させない。あるいは、人工〈しこり〉化する。すると、正気で心神喪失状態になる。と、残された意味理解で、かろうじて、彼が語るのを、彼女は筆記した。

彼女

AI想念とAI記憶しか無い彼は、AI文をただなぞるしか無かったが、いくつか、10回か15回だろうか、それぞれの条件、与件下でなぞる裡に、やはり、やっと彼の、もうひとつの主題に、出くわした。

筆でも、パソコンでも、万年筆でもいい、ただ、ひとつの文章の、句でなく、節でもなく、文として、句読点の、読点として、ひとつの、センテンスとして、その、含まれるでなく、その徴された、顕された、速度。

現在、彼は、(人工)冷静だ、人工睡気と人工朦朧もない、デジタル完全人工覚醒も、やや高く、80％位だ。コーフンもしていない。そんな彼の、（人工）着想を含めて、（センテンス）文を、現していく時の、（屈折を含むが）、文の速度。これは、AIでは、時間と、主題をなぞる、意味化性の、つまり、時間と出現の、平均的、一定の、速度ではないか。つまり、速度の、遅速が無い。比喩で言えば、屈折の、速度性が無い。

しかし彼には、また、省みて、解っていた。自我でない、上ずったAI文と、人工睡気と人工朦朧に、意味を消されていく文と、とにかく、自然ではなかった。彼は、クスッと笑った、彼に、自然はない、と。彼女も笑った。

歩く速度と、彼は、思った。AI歩行であっても、元気な足どり、疲れた足どり、疲れきった、病んだ程の足どり、AI文であっても、その速度は、ひと眼で判るのではないか。

そのAI文での、わざとAIめかした処、それが犯人の悪意では得意とする処、ではないか。だが、彼女は、本当は、犯人まして、悪意に関心は無かった。

彼は、一度書いた文は、滅多な事では、読み返さなかった。しかし、彼女の、筆記に助けられて、もう一度、読み返した、ではない、AI文をなぞった時の、人工上ずった、コーフンの状態、人工心神喪失、人工睡気と人工朦朧の状態、つまり、自我がAI自我の状態を、〈記憶〉と〈想念〉を、〈思い返して〉みた。

もう一度、整理してみよう。想念も記憶も無い彼ですらなかった、AI想念とAI記憶（誤記憶を含めて）しか、無い偽彼、作為ある、AI想念とAI記憶の偽彼、は、何をどう振っても、AI文を、なぞらなくても、元々、記録文か、AI要素文か、しか、書けなかった。彼の知覚、まして知覚注意もAIゆえに、AI記録文か、AI要素文か、でしかなかった。

主語、述語、時制、意味とは、人物の、行動の、意味性の、記号化での、概念での、再意味化、双方の、意味の、対応性である。その対応性の、記号性での、概念での、再意味化、に重点を、ウエイトを置いて、人物の、行動の、意味化を、指示すれば、虚構化である。

AI想念、AI記憶、AI知覚注意、つまり、偽彼は、すでに彼のフィクションである。彼女の、フィクションではない、彼のフィクション、やはり、人間1、彼女は、もはや、小説家だった。どこにも居ない、AIが生み出した、AI自我の偽彼というフィクションを、小説へ、各、章ごとに定着しようとする。

すると、これら、彼のAI文をなぞることを含め、彼女が彼を、このAI文のように、現すこと自体、AIであっても、散文、まして、AI自我の彼をめぐる、フィクション＝事実としての、小説であった。

そのAI文の速度とは、意外と、彼女の、脳作用、速度だった。つまり、遅速も、断崖さえ、在った。

AI文なら簡単だ、記憶と、計算された、予測としての、文だ。だが、人間の脳作用としてのAI文、AI要素に、不確定、飛躍、突破すら、介入してくる文、とは、何か。いや、全て壊された脳の、AI人工作用による、AI文とは、何か、が問題だ、と、しかし、彼女は、小説には、さほどまた、関心はなかった。ただ、彼に、愛のようにも、関心が在った。彼と偽彼。

眼覚醒

デジタル化完全人工覚醒、化するためには、大脳のみならず、小脳、更には、眼神経覚醒を、それぞれ破壊して、人工覚醒化、デジタル・人工波形化、しなければならない。

特に、眼神経覚醒を、破壊し、デジタル波形化し、挿入することで、たえず、現実感、事実感を、0～100%まで、操作できる。

そして、何もせずに、人工落ち着いて、人工静かに居ると、椅子に座っていても、まして横になっていれば、すぐ、彼は、人工麻酔昏倒に襲われた。これが、眼神経覚醒と大脳神経覚醒の、それぞれ破壊されての、結びつけによる、すぐ人工昏倒する、人工麻酔昏倒での、眼と大脳の連動である。

　デジタル化完全人工覚醒化されてからというもの、当然だが、自然に覚醒して、時空間識も明瞭で、事実へのリアリティも有り、その上で、静かに、醒めている、ということが、全くなくなった。眼神経デジタル人工覚醒化で、眼神経覚醒と、大脳覚醒あるいは小脳覚醒は、遮断されていて、結びついている時は、人工睡気の時で、要するに、自我が、対自我は勿論、外部に対して、事実へのリアリティへ、くっきりと醒めて在ることが無い。

　眼は、一応、視えてはいる、視えてはいるが、現実、事実のリアリティに、醒めている眼ではない。

　とすれば、デジタル化完全人工覚醒と同時に、リアリティ、感覚と判断の、綯い合わせの、リアリティが、完全に解体消去されることが、裏で実施されていて、その上での眼・脳デジタル化完全人工覚醒化ではないか。

眼と精神という時、眼と脳をつなぐのは、彼の言う、事実へのリアリティで、つまり、知覚（視覚）、における感覚、と判断の、綯い合わせとしてのリアリティではないか。

と、AI人工文を彼はなぞっただけで、

眼は、リアリティは、取り戻してはいないが、眼だけは、ぼんやりと、何を視ているか、判らない眼から、鏡に映った自我を視ている眼になった。と、眼神経、大脳　小脳各神経の、人工睡気のなかでの、やはり、人工遮断、人工ズレと、繋がれての、人工麻酔昏倒睡気、そうでない時の、視ている眼へと、戻った訳である。

繰り返し、方法を書いておこう。一番単純な、操作しやすい方法で、操作するということ。つまり、リアリティ破壊—綯い合わせの、分解消去—であって、合成には及んでいないだろうと。

覚醒の、本来の垂直性に対し、

覚醒の、水平というより、奥行き性。水平での深度性。

その水平での深度性、奥行き性を遮断した眼—何も視ていない眼つき。

垂直での、遮断、ズレ—人工朦朧　人工ボーッ　精神と覚醒。

水平での、遮断、ズレ—人工リアリティのなさ、なにも視ていなさ。眼と精神。

それぞれ、遮断とズレの、解消としての　人工睡り方、人工麻酔昏倒、—人工すぐ睡る。それを、たえずエチゾラム0.5mgを契機とする。

〈切り替え〉機序

知覚もそうであるが、想念域において、強い持続も在るが、いわば休息として、あるいは必要として、刻々、〈切り替わって〉いる。例えば、彼女の事、金の事、雑務の事などと言うように。

性愛域においても、強い性（要求）、強い性愛（エロス）感はじめ、やはり、強い持続も、在るが、他方、社会的、人格性の、信号性として、性、原＝性に根ざす、感情もまた、刻々、〈切り替わって〉いる。

中枢域においても、強い覚醒や、潜在する覚醒や、強い持続が在りながら、驚くべきことは、中枢域における、一番の〈切り替わり〉とは、交感神経、副交感神経の〈切り替わり〉のように、睡眠と、覚醒の、〈切り替わり〉であること。

そして、睡りにも、覚醒は、潜在するのであるが、当たり前だが、驚くべきことは、睡りとは、脳＝身体双方の睡りであるように、理解力のまた、眠りでもあるということ。蛇足であるが、酒の酩酊においても、脳＝身体の酩酊であるが、同時に、理解力の、酩酊でもあること。

なぜ、こんな当たり前の事を、今更いうかといえば、理性というより、理解力は、覚醒を前提にして、初めて、成立していると、これも、当たり前の事を言いたいのである。たえまない人工睡気や、人工朦朧さ、つまり、人工覚醒での、その覚醒力の低下の、状態では、理解力は、働いていない。

その理解力の、前提となる、覚醒とは、脳における、脳作用の、多層を貫く、垂直性であるが、また同時に、知覚、リアリティ（事実性）、想念というように、覚醒とは、脳作用での、水平な、異質間を貫く、作用の、結節点での結びつきでも、いわば、拡がりや、奥行きででも在るのではないか。

その、脳神経の、結節点、特に、強く、脳作用の結ばれる処では、切り替え機序も持っていて、いわば、脳作用の、〈切り替え〉のように、その結節点で、覚醒が強く結びついていると、確かな、リアリティ、現実感となり、その結節点でのデジタル人工覚醒が、人工遮断、人工ズレていると、人工朦朧として理解力は低下し、結節点で、デジタル人工麻酔波として、結ばれていると、人はまた、人工睡気や人工麻酔昏倒へと、移行していくのではないか。

彼は、一番最初に、脳=身体作用とは、部位と、波形につきると、言っておいたが、より正確には、デジタル人工波を主に、部位というより、脳作用の、収束、拡散する、―重要部、つまり結節点―での作用によって、脳の働きは、決まるのではないか。

例えば、想念も記憶も無い彼の、想念ひとつ取っても、脳神経細胞の、結節点から結節点へと、回路を作るのであり、記憶にしてもまた、アナログの記銘力を、結節点を介して、デジタル波へと、蓄積されていくのではないか、と、彼は、ひとつのモデルを考えてみた。

そして、その〈結節点〉と〈切り替え〉という考えから、わたしたちの脳は、コンピューターのように、均一でなく、作用の、濃淡があり、その濃淡が、持続と切り替えを、保証していて、また同時に、わたしたちは集中においても、〈まだら〉なように、認知症の、〈まだら〉さでもあると。彼は、少し、押し拡げた。彼女は、筆記した、彼の、その、モデルへの思考力こそ、観察、つまりは、〈仮定性〉、であり、他者の検証が要るが、それが、科学の基盤であると、彼女は、追記した。

彼は、いや、違うかもしれない、いや正しいのだ、正しいのだが、それとは、また別に、延々と、事実の観察が有って、一行か、二行かの、〈仮定〉〈推測〉、その、肥大化したもの、検証の要らない、人、物、事、関係への、〈仮定〉〈推測性〉の肥大したものが、事実であっても、虚構であっても、小説＝ノベル、ではないかと。

小説は、お伽話から、来たのではない、苦しい、仮定、推測、という、一種　法以前の、法から来た。だから、勧善懲悪から、始まった。人の、苦しんでいる、そう言いたければ、心、むしろ心理だ。より正確には、事実への、内的視点＝時間だ。

混乱

想念も記憶も無い彼は、しかし忘れる訳にはいかない、4月15日、年度第1月、15日に向けて、4月13日、朝、10:30に人工目覚め、稚拙な、睡いような、睡くないような、もっと睡りたいような、もう起きてもいいような、人工混乱した、人工状態と人工要求の混乱操作を笑い、もう一度、10:30頃~12:30まで、人工麻酔昏倒して、12:30人工目覚めて、驚くというより、困惑した。

世の終わりのような、いや、まだ生きているのに、自我が終わったような、人工目覚めて、周りを、視回して、なにひとつ、理解できない、というより、何を、していいのかすら、解らなかった。日常の、経験感、経験観が、全くなかった。そして、人工意味性の深度性が、ボーンと穴が開いたように、意味性は、かすかに受け取れたが、人工不安が起こされていた。

いや、どうも、嘘になる。

順を追って、書いていこう。

まず、昨夜、00:00～10:30の間、内臓全てAI人体操作始まる。それによる、人体内臓自律コントロールの、AI混乱化。それによる、人体内臓潜在自律統覚感喪失。

その上で、10:30～12:30、人工麻酔昏倒の間、小脳の行動経験則理解と、その大脳理解=意味性の、間の遮断。それによる、行動の経験則、継続則、小脳での自律性の、大脳との遮断、抑圧、消去（破壊）、小脳基底部での。

それによって行動則と、かつ連続行動の、その意味性の、消去。行動に依拠する、静物、物の意味性の深度性の、喪失。

いや、捉え直そう、と彼は、想った。わたしたちは誰しも、何も解らない状態から、全身の行動と五感を介して、活動、運動、行動、労力、の、運動を介して、行動と知覚を介して、物、人との関係を介して、学び始める。それが、小脳と大脳の、結びつきである。

今朝、彼は、小脳と大脳を切断されて、幼子のような、状態へ、人工操作された。それでも彼は、それを行動則の、遮断による、意味の欠落と捉え直し、右記をメモして、昼食に出かけた。

ハンバーガーを食べながら、手順もチグハグで、何も感覚なく、何も考えられず、落ち着こうとすると、人工ソワソワして、血は、頭へカーッと上った。

要するに、落ち着きが無かった。安息、休息、落ち着き、堪え性の、堪え性が、基底で無かった。仕方なく食べ終え、車で帰り始めて、ようやく解った。

落ち着きとは、心臓に根ざす、前＝原＝性性、だと。その前提が、行動の抑制性、排泄の抑制―解放に対する―第2の抑制性の、前＝原＝性性の、心臓への根ざしによる、自我注意統覚の、芽ばえだと。

彼は、もはや、書くことが目的ではなくなった。生きるために、彼に起こっている、操作を、捉え直す他なかった。と書くと、人工尿意便意は始まった。

彼の、言語、記述を基に、彼女は整理してみた。

まず1．人体内臓自律―潜在統覚の、混乱化。

2．行動則―小脳と大脳―意味性の、遮断化。

3．落ち着き、前＝原＝性性の、心臓への根ざしの、破壊、あるいは、大脳、小脳の、結合部での、心臓への根ざしの部位、人工デジタル波での、遮断、消去。

4．大脳、混乱化、大脳―小脳遮断、小脳混乱化、大脳―小脳、結合部の、前＝原＝性性の、内臓（心臓）への根ざしの、遮断。

5. 基底心理の、不安、せっかち、あせり、動揺。
等々が、4月13日始まり、4月15日実行化の、脳=身体、全身での、混乱化の、ソフトの、概要である、と彼女はメモした。

全て、大脳、小脳　内臓、骨格、身体混乱目的の、AIソフトであると。

彼女は追記した。彼は、生き延びるために、日記を、記録をメモし、彼女は、彼を、生き延びさせるために、メモを文筆化する、と。

抑制――解放

わたしたちの抑制は、必ず、抑制と解放の、〈対〉を成した概念で、抑制ばかりだと、結局〈抑圧〉、生理、性格、現存（人格）の、歪みへと至ってしまう。

抑制には、その成長期において、3つの段階が在り、まず、1. 排泄の、抑制と解放、それによって、自我身体注意を学ぶようになる。2. に、行動の抑制と解放で、わたしたちは、なにひとつ知らない事を、行動可能な範囲に始まって、行動することで、事物と同時に、自我を学んでいく。そして、それすら抑制するように、物事と自我の、静的な関係へ、自我関係、注意へと学んでいく。行動の抑制とは、落ち着き、堪え性であり、それは、前＝原＝性性の、心臓への根ざしである。
3．は、性抑制で、わたしたちはまず、自我を取るに足りない、恥ずかしさとして、気おくれとして、異性に対する。そこにすでに、性抑制は、働いていて、異性を好きになった時、少なくとも、男性は、好きと同時に、責任の、発生を、自覚する。
そして、1．排泄の抑制―解放によって、単なる生命体は、自我になり、2．行動の抑制―解放によって、自我は、自我注意をつまり、大人になり、3．性の抑制―解放によって、はじめて、人は、関係、つまり、愛を知る。

そのいずれの段階においても、抑制―解放から、静的でなく、動的に、人は、行動、関係から、はじめて自我を学んでいく。とりわけ、成長過程において。

と彼は、珍しく、脳＝身体操作が、拷問が和らいで、かえって何かが起こると予測し、注意を払いつつ、久しぶりに、しかし緩んでいるが、大事な考察を、記述した。

彼女は、それを読んで、つくづく、男性と女性の、性の抑制―解放の、在り様の、違いを思いつつ、女性は性において、女性こそ、性の筈なのに、受身の性ということを思い知らされた。そして、彼女は思った、だからこそ、女性は、権力ではないのだと。

そして彼女は、彼に倣って、言わずもがな、第4. の抑制―解放が、物要求、金、名声、地位、つまり金と、人に誉められたい欲望の、抑制―解放、つまり自足だと、女性の彼女は、いたずらっぽく、つけ加えた。

わたしたちは、歴史性において、個人史において、個と歴史の、現在性において、理解は、歴史性において、個と歴史性の、現在性において、あまりにも、自我の側から、静物、物、事、関係へと、自我を中心に、静的に捉えすぎている。動的理解力。

わたしたちの理解は、わたしたちの、極微細性と、個々の幅のように、脳作用の、電位の、磁場の、単位から、現存（人格）の、幅までの、正確さと同時に、代替性ももっている。

個の、成長期において、わたしたちは、なにひとつ、理解していない処から、父母親を主として、人との関係のなかで、物との関係を介して、それ以前に、人との関係のなかの、自我の身体との関係のなかで、まず、発声する、運動することから、自体（我）を捉え始める。

次に、運動と、物を実際に口に運ぶ、投げることで、物を捉えようとする。他方、父母は、「まんま」という信号を、教えようとする。

第1の抑制、空腹、食要求
第2の抑制、排泄、トイレ
第3の抑制、行動、落ち着き、
第4の抑制、ルール、習慣、
第5の抑制、性行動、
第6の抑制、自足

それらを、自我の要求と、それへの度合いと、言語と、対人の、相手の表情と、対人の、相手と、によって、自我の要求、言語、相手の表情のなかで、動的に捉える。単に静物に向かっていない。と彼は整理し、彼女は微笑した。

注意

以前に、彼は、人の脳作用は、睡眠中も、基底は覚醒だと書いたが、少しは訂正が要る。

脳の、中枢域、とりわけ自律域において、生命要求の、脳作用性の基底は、覚醒のみでなく、もうひとつ〈注意〉が在って、一般に言う、「意識がなくなる」「意識が戻る」は、覚醒と同時に、もうひとつの軸の、〈注意〉を指している。異なる軸で、おそらく、同じ根を持っている。

覚醒において、脳人工操作は、〈根ざし〉の無さ、上ずりと、同時に、覚醒の抑圧、として、深度も高度も、持たせまいとする。極端には、高度でなく、昂ぶり、深度でなく、低迷化、させる。

そして注意において、脳人工操作は、寛解を、解体し、緊張か、弛緩かに、向かわせる。あるいは、散漫も在る。

そして覚醒の上ずりと注意の緊張が、ひとつの人工日常（はれ）であり、覚醒の上ずりと、注意の弛緩が、ボーッであり、覚醒の低迷と注意の緊張が、もうひとつの人工日常（くもり）であり、覚醒の低迷と注意の弛緩が、おそらく、人工疲労である。

そして、睡眠でない、昏倒において、昏倒での、寛解の無さ、身体への根ざしのなさ、苦において、睡眠層における、潜在覚醒性の露呈化、
他方、覚醒の低迷化による、根ざしの無さによる、双方による、覚醒厚さの、浅薄化と平板化。そこでの、注意の緊張と弛緩化、主に緊張化が、身体へのストレスとなって、推定、身体内臓各部位のポリープ、そして、推定、ポリープの肥大化から、偽癌化へと

向かう、基本パターン。

これが人体操作犯人グループの、偽癌化、実験、拷問である、と彼は、胆嚢癌による、胆嚢全摘三日後に、胃の緊張の痛みから、注意について、記述した。

彼女は、それを読んで、やはり彼の死因は、胃癌とされるだろうと、確信した。彼の、父と母と同じ、胃癌。そして、彼女はぞっとした、現在 2023年、日本に偽癌患者が何名いて、何名が偽癌で殺されていったか、と。

政、官、産、学、医、の医療産業。国民健康保険はじめ、国民皆保険の、収入と支出、つまりは、人の傷病をマーケットとする金銭の帳尻。そして薬物、医療器機。おそらく、幻聴、幻視という、音、映像の、精神科から、始まった。薬物。

と彼女は、少しだけ、ぼんやりと浮かんでくることを、記述して、暗澹とした、気分になった。

人人は、健康と称して、ヒステリックに、健康にヒリヒリと焦がれて。彼女はやはり、人の欲望の、苦を想った。苦とは、単に、脳での具体としての苦のみでなく、精神における幅、余裕というより、やはり余剰のなさ、ではないか、とも想った。苦としてのアジア。仏教、と。

彼女への手紙

もう、いいんだ。あなたには、随分と良くして貰った。わたしは、あなたを心から愛していて、この日本にも、本当の愛も在るということを伝えたかった。この日本にも、金や性ばかりではない、精神としての、地上にも愛が在って、それをまた、日常へと実行できることを、実証したかった。

しかし、人体特に脳人工操作という、野蛮によって、それはもはや、とっくの昔から、不可能になっていた。わたしは、書記を務めてくれたあなたと、一緒（に暮らす）にはならずに、ひとりで生き、ひとりで死んでいく方向へと、別れようと思った。でなければ、大切なあなたばかりか、もっと大切なあなたの御子も、操作に巻き込むと、暗澹たる気持ちになった。戦争など、どうでも良かった。あなたとあなたの御子が、何より大事だった。

愛を断つ、おそらく、わたしの片腕のみでなく、片腕、片脚をもぐように、生きていけない程の、犠牲を払うことだった。しかし、それでも、死ぬことではない。生きていける、痛みとともに、そしていつしか日常へと馴れるだろう。

そんな、わたしの、生きていく悲惨よりも、大切なあなた、ましてそれ以上に大切なあなたの御子に、人工操作という、わたしの経験した、地上の、なによりもの悲惨が、及ぶことを、一番恐れた。わたしの悲惨なら、わたしは生きてゆける。しかし大切なあなたとまして大切なあなたの御子という、悲惨も知らず、また悲惨にも耐ええない人人に、悲惨が及ぶことだけは、避けたかった。

あるいは、もしかすれば、もう操作は及んでいるかもしれない、三歳の幼な児とあなたという自我を、繊細に繊細にどうか、観察してみてくれ。そしてもし、人工操作が及んでいれば、連絡先は、本を送っておいた住所、電話番号が在るはずだ。本当は、何もしてやれないが、わたしの経験から、三人で文筆で、なんとか、闘いの真似事はできる、最小限に、喰い止められる、あるいは、海外へ逃げることもできる。

だけど、そんな悲惨に、大切なあなたを、まして大切なあなたの御子を、巻き込まないために、一旦は、さよならだ。

それによって、想念も記憶もないわたしの、文は、一旦は、途絶えることになる、言っておこう、文学は、死に値するか、と。

一旦はさよならだが、連絡の方法は、わたしから、あなたへは不可だが、あなたから、わたしへの道は開けてある。どうか元気で、人工操作ひとつなく、大切なあなたとまして大切なあなたの御子は、自然に自由に幸福へと生きていってくれ。女性、子供には、何よりも幸せが要る。

やむをえない別れだが、文は、途切れるが、本当のさよならではない、また会おう、元気に自由に幸福へと暮らしてくれていれば、また会う機会も有るだろう。わたしのさよならの言葉を言っておく。

文筆家のさよならだ、「また、お会いする時は、在るでしょう」と。それが、愛の、自ら愛を断った、わたしの別れの挨拶だ。

放棄

彼女は、わが幼な児を抱きしめ、そして沈黙を守った。

書き続けよう、と彼は意志した。

わたしたちの、生命要求（生存）にとって、呼吸、摂取、排泄、安息、睡眠が、大切な要素のように、わたしたちの、社会的存在（現存）にとって、人柄、立ち居振る舞いと同じように、人柄、行動、と同じ位に、言語、文字も、大切な要素なのではないか。

倫理とは、言語と行動の、対応性だ。

そして、言語が、生命要求に根ざすとすれば、文字とは、生命要求の、一旦は、抑制、記憶の側への、意志に根ざす、対、社会対応、自我表現化ではないか。荒っぽく言えば、人における、自然と、人為。

そのように、わたしたちは、静的に、捉える以前に、まず、行動として在るのだが、それを言語、文字の側から捉えるから、静的に捉えてしまうのだろうが、それ以前に、まず行動として、行動は、生命要求、と同時に、自我意志の、緊張と、寛解と、弛緩として在り、自我意志の、緊張下での、行動予測に対する、潜在、また顕在する、判断の下に、実行される。

そこでは、生命要求（生存）における、抑制という、概念が成立するように、社会的存在（現存）における、行動、言文意志に対して、人為に対して、為さない、〈放棄〉という、概念もまた成立している。

わたしたちは、無数の、可能性と、必要のなかで、ひとつの行動（行為）、例えばノートに向かう、という行動（行為）を選ぶ、それは、行動の、手順（順序）化と同じく、また他方で、不必要の、為さない〈放棄〉という概念にも依っている。例えば、要るとしても、禁煙中の、煙草のように。いや、〈放棄〉というよりも、〈選択〉という、概念化か。〈選択〉化と、〈手順〉化。行動意志の、緊張下での、行動の、〈潜在〉〈顕在〉判断の、〈選択〉と〈手順〉化。

行動における、要求性と意志性。言文における、要求性と意志性。対して、〈抑制〉と〈放棄〉という概念。

苦　1

彼は、昨夜、眠れぬままに、視たくもないテレビを、点けて消し、それでも眠れないから、ならば仕事と、机に向かって、〈自由〉の、想念も記憶も無い彼の、電磁波とAI操作という、矛盾について、書き始めて、やがて人工朦朧となり、就寝して、海外での、寺院の日本料理という、苦の人工夢を視つつ、極めて浅い、苦の人工麻酔昏倒を、24:00頃から、4:00前頃まで、昏倒し、人工目覚めて、乾癬の、薬の染み込んだパジャマのまま、いつもと同じように、新聞を入れ、血糖値を測り、牛乳を飲み、ヨーグルトにドライフルーツをかけて食べ、流動食に満腹になり、やっと少し眼が覚め始めたように感じた。

睡ってもいないのに、目が覚めるとは、どういう事かと、想念も記憶も無い彼は、ひと思案して、やっと、興奮、昂ぶりということに、思い当たった。

入院あたりを境に、入院前から、彼の精神は、というより、人工覚醒と、睡眠―本当は人工麻酔昏倒―は、無茶苦茶だった。

麻酔から覚めて、寒さの中で、ガタガタと震え、潜在注意の、とっくに無くなった彼は、眠ってはいけない、今眠れば死んでしまうと、感じ、必死に、目を覚ますうちに、やがて人工昏倒へと、さらわれ、気が付いた時は、ICUに運ばれていた。

老いを、苦と狂と心得える彼は、うかつにも、病が、苦だということを忘れかけて、苦だということを、やっと思い出した。しかし、病以前に、苦について、彼は、想念も記憶もないまま、メモを取り始めていた。

それ以前に、書くとは、みじめさ、少なくとも地味さを、忘れては、いけない、毎日、書いていくことのみじめさ、少なくとも地味さを、忘れることで、人はコーフンへと、雪崩れてしまう。そこまで書いて、老いた長姉を病院へ連れていく、用意に、取り掛かった。

苦 2

人には、呼吸要求、睡眠要求、食事要求、排泄要求、性行動要求があり、それぞれ要求を満たされない時、苦と感覚される。呼吸は、単純であり、食事は、多岐にわたり、排泄は、自律的であり、性行動は、複雑すぎる。そして、睡眠も、複雑だが、人工操作の始まりと、深刻化も、睡眠だったように、そして、前にも述べたように、人の基底は、覚醒だから、覚醒と、睡眠における〈苦〉を、主だった苦として、解いてみようと思う、と彼は、想念も記憶もなしに、50年とりわけ、10年の、人工覚醒と人工昏倒の、苦についいて、書き始めた。想念も記憶もなく、たえずメモを取り続けてきた、そのメモだけが頼りだった。
まずメモに従って、やや図式めくが、
1. 脳が睡りたいのに、脳が睡れない
2. 脳が睡りたいのに、身体が睡るまいとする、
3. 脳が覚めようとするのに、脳が睡ろうとする、
4. 身体が覚めようとするのに、脳が睡ろうとする、
2と4は、やや同義である。そして、どうも、違う。脳、身体の背反と、どうも、意志が関わる。

もっと単純にしよう。危険だが、居睡り運転の場合、身体と意志は、覚め続けようとするのに、脳が睡ろうとする。この時、苦は、苦というよりも、心臓の覚めていようとする波形、心電位が、ムズがゆくなって、脳に覚醒の波形を送る。

逆に、脳が睡ろうとするのに、人工で身体が覚め続け、そして、自然では有りえないが、身体の覚醒波が、脳にまで押し寄せ、脳の睡りと、身体の覚醒が、脳で、衝突する時、脳で苦は起こる。このように、睡眠と覚醒の場合、苦は、脳において起こる。この場合のみならず、〈苦〉の、基本形は、脳に由来すると言い切ってもいい。そして、睡眠と覚醒の場合、

1. 脳が睡りたいのに、脳が睡れない、
2. 脳が睡りたいのに、脳が意志で睡るまいとする、
3. 脳が覚めたいのに、脳が人工朦朧とする
4. 脳が覚めたいのに、脳が人工で覚ますまいとする、
5. 脳が睡りたいのに、脳が覚めようとする、

等々として、現れ、これらのことから、覚醒は、どこまでも、覚醒し続けようとし、睡りは、どこまでも睡り続けようとし、それが変わるのは、〈切り替え機序〉によって

でしかない。

そして、覚醒と睡眠における〈苦〉とは、それらの、スイッチ、〈切り替え機序〉の、壊された後の、睡眠と覚醒という一面矛盾の、せめぎあいの、脳部位と脳波形〈デジタル〉への〈煮つまり〉と定義できる。性行動は、身体、社会、関係、現れ、として、極めて、複雑であり、食事―飢えも、また難解だが、ただ、飢えの、苦は、飢えの記憶への不安でもある、とだけは、言っておこう。そして、これらの〈苦〉に対し、苦は脳で起こるが、これらの苦に対し、人は、どんな小さな事にでも、楽しみを、見出して、〈苦〉を凌ぐ、生きていく生きものであると断言しておく、と、想念も記憶も無い彼は、今夜のメモを終えた。

ただ、苦も楽しみも、脳に由来するように、脳の余剰以前、脳作用の基本として、彼は、彼だけの力で、〈想念〉も、〈記憶〉も、解かねばならぬ、日が来るだろう。

それが人工操作、人工攻撃で全て失った彼の、操作、攻撃からの、彼の〈自由〉への意志だった。

喪われたもの、事は、戻らない、ただ、考えうるだけだ。彼ははじめて、そう思う、と想念した。

長姉の病状を、次姉と義姉に電話する時間になった。

苦　3

脳と脳を含む身体において、苦悩ではない、苦悩は、後述する、具体的な苦とは、生理における、矛盾である、AIによる想念と記憶しかない、つまり、想念も記憶もない彼は、30年、50年に及ぶ、身体への、「痒痛苦疲」とりわけ〈苦〉の拷問への観察から、そう仮定した。想ったのではない、事実への観察から、考察したのでもない、仮定、仮に定めた。それ以後が、考察だ。

具体的な〈苦〉。人の脳と脳を含む身体には、生命要求、呼吸要求、食事要求、睡眠要求、排泄要求、性行動（自慰を含む）要求、強いて、関心要求、関係要求（会話も含めて）も、入れて、おこうか、おそらく、この八つの要求が在るが、加えて依存物要求。

まず、第一に、この要求の、仮を含め、満たされない時に、〈苦〉は起こる。脳と脳を含む身体の、要求の、仮を含め、満たされない時に、〈苦〉は起こる。主に、禁止、欠如という、外的要因によってである。

しかし、睡眠もそうだが、特に他の七要求は、そのメカニズム（仕組み）が、あまりにも複雑なので、ここでは睡眠を、例に挙げてみる。

人間には、大雑把だが、脳覚醒と、眼覚醒と、身体内臓（心臓など）覚醒と、骨格覚醒、そして腰部覚醒が在ると考えられる。それと同じく、脳睡気、身体内臓（心臓など）睡気、骨格睡気、腰部睡気も、在ると、推定しうる。

今仮に、もう一度、居眠り運転（危険だが）を、例に取って見る。脳は、睡ろうとしている、骨格も、腰部も覚めていて、脳が、心臓に、睡る波形を送り、骨格、腰部の、覚醒波形は、心臓で、ぶつかり、心臓は、ムズがゆくなって、脳に覚醒波形を送る。脳は、眼に、覚醒波形を送って、眼（知覚）、は醒める。

ここでは、睡気だけが在って、心臓のムズがゆさ以外、脳にも、眼にも、身体内臓にも、骨格、腰部にも、〈苦〉は無い。

ちなみに、各覚醒の、睡りの閾値にまで達しない、睡りへの〈傾向〉が、〈疲労〉である。

さて、居眠り運転には、具体的に、〈苦〉は無いが、今、もうひとつの例を挙げておこう。想像してみて欲しい。

今、就寝し、蒲団に横になって、静かに、眠りを待って、身体の不快の無さ、例えば、寒い暑い、とか、注意の内への籠り様とか、種々のチェックを行なって、脳は、〈良し〉として、眠りへ移行しようとする。

その時に、何の禁止も理由もなく、先の居睡りの時のように、骨格、腰部覚醒の波形とも、考えられない、横たわって、静かに、眠りを待っているのだから。しかし、心臓がムズがゆくなって、脳に人工覚醒波形を送り、脳は眼に、人工覚醒波形を送り、眼が醒めてしまう。

2週間、3週間、そんな状態が続いただろうか。

もう、心臓は、ムズがゆくも無くなり、脳に、心臓から、覚醒波を送る、身体内臓〈心臓など〉覚醒力も衰え、ただ脳に従って、人工睡りへと傾き始めると、今度は、脳の基底部、中枢域もしくは、橋（きょう）あたりから、人工覚醒波形は起こり、脳頭頂の少し低部で、人工睡眠波と、人工覚醒波は、衝突して、そこではじめて、脳内〈人工苦〉は起こった。

それが2週間、3週間続いたろうか、あるいは、2、3日か、想念も記憶も無い彼には、不明。

以後、睡気も、覚醒も、関わりなく、衝突の波形が盗思、デジタル化されたのだろう、脳頭頂の少し低部で、何の理由もなく、覚醒している時にも、人工麻酔昏倒している時にも、〈人工苦〉は起こるようになった。

彼は、そのことを書きたいのではない、〈人工苦〉とは、異なる波形の衝突で起こるように、混乱以上に、波形を成さない波形、デジタル部位においても、電子量を測れない、電子量、つまり、脳作用でない脳作用。負でも無い混沌、と言えるだろう。脳、身体における、ある種の、人工極硬直・超ストレス、人工反・非・作用（活動）と。彼は、そう定義して、その日の分を終えた。

意味 1

　想念も記憶も無しに、しかもAIで感情も感覚も感受も、それ以前に、睡眠要求も、食事要求も、呼吸要求──息づかいも、排泄要求も、性要求も、関心要求も、関係要求も、それ以前に、血管も、血流も、リンパ流も、諸体液、胆汁も、インシュリンも、諸ホルモンも、それ以前に、免疫も、代謝も、要するに、脳と脳を含む身体を、電位、磁場を介して、全て、本当に全てを、操作されながら、想念も記憶も無しに、彼は、筆がひとり手のように、しかし、彼が想念以前を、感覚、感受以前を、ただ意味へと、なぞるように、しかし、筆跡も、万年筆のインクも、指先も、全て操作されながら、浮かんでくる、混乱ではない、浮かんでくる、意味をなぞるのは、一体何なのか。シュール・レアリズムではない、感覚も感受も、想念も、記憶もなく、浮かんでくる以前に、万年筆が自動記述するように、なぞる、〈意味〉とは、何なのか。意味とは、言語、概念、論理とは、脈絡。

人が、狂っても、狂っても、〈正気〉であること。むしろ狂気は、本気で、作っても、作りきれないということ。

彼は、今日の夕食も、上機嫌で作りながら、胸が悪かった、胆嚢を切除して、牛乳を飲み過ぎた時のような、油物ひと口、口に入らない、胸の悪さだった。吐くかもしれないと、晩年、一ヶ月吐き続けた、母の衰弱を思いながら、吐くなら吐くだけのことだと、電子レンジで温めた御飯の、玉子かけ御飯と、残りものの、はまちと、同じくホウレン草のおひたしと、冷奴と、急ごしらえの、味噌汁と、うまく焼けた、うるめいわし三匹を、作って、覚悟して食べはじめると、思わぬ、胸の悪さ、は消えていた。しかし、食道につかえて、なかなか、燕下できなかった。胃癌患者の食事要求と、食道癌患者の、燕下困難と、彼は、瞬時に判断した。この瞬時の、想念以前の判断は、食事要求困難の、〈意味〉の判断だった。

子供は、とりとめない話をする、それでも、言語を話せない乳幼児ですら、何か、生理を伝えようとする。1次概念、言語もしっかりして、2次概念、文字を憶え、3次概念、やがて闇でも文字を書けるようになり、何百、何千万、文字、文を書き、下手な詩、意味を超えようとする文すら書き、妄想、人工偽妄想すら、刻々文にし、彼は、60年、何を書いてきたか。

〈意味〉。

彼は、安心した、刻々、万年筆がなぞる文は、AI文ではないかと、常々、疑いつつ、文をなぞっていったが、チャットGPTの、心のこもる、ラブレターとやらを読んで、彼は安心した。それを日本調に、変換しえたとしても、まるで、新聞記事文だった。文筆家の文ではなかった、二三行読めば、判断できた。

今、コラム―短評―は、さて措く、その出自は、問わなくても、新聞とは、現在の処、事実を、どんな事が起こったのかを、具体に則して、書くものだ、誰が書いても、事実は変わらないように、文の内包する時間制は、いわば1次時間制だ。

対して、文筆家の文とは、いわば癖のように、口癖もあるが、生理を差し引けないが、生理を差し引いても、まだ、風のように孕む、2次制、3次制の時間制、極端には、垂直性すら孕みうる。

チャットGPTのラブレターとは、時間性1次制の散文だった。

以後、彼は、安心して、筆のなぞるままに、もはやAI文ではないと、安心して、筆をなぞり始めた、と同時に、これまでの、詩、散文、歌、俳句、全て、AIではないと、判定した。しかし、歌、俳句についてのみは、今後はどうか、定かではない。朝日新聞は、短歌を作るAIを、開発したと称している。幸い、わたしは、今後あまり、短歌俳句を作るつもりはない。しかし、その内包する、時・空・間・感覚・感受性で、本当は、識別できる筈である。

この文も、彼自前である、なら、想念も、記憶も無い彼は、一体、何によって、何を宛に、散文が、詩が、書けるのか。

AIの苦手な、飛躍、突破をしておこう。錯乱は、どう逆説に聴こえようと、〈意味〉が支えている。むしろ、意味の短絡（ショート）という、〈意味〉、〈意味〉過剰に在ると。逆に、パニック、まして集団恐慌、集団パニックは、〈意味〉の喪失だ。似ていて、全く異なるものだ。できうる限り、なぞりになぞっての、ひとつの意味、を壊しにくる〈意味〉、破壊、殺意、は、簡単だ、邪魔だから消せ、その意志、感情ほど、瞬時判定しやすいものはない。ロシア、中国のことではなくて、日本でのことだ。判定しづらいのは、生理ほどにも、なぞりになぞられた、ただひとつの〈意味〉である。生を超える生、存在を超える存在、〈実存〉。

対して彼は、言っておいた、関係、社会における、個の現れ、〈対〉以前の、関係における、現れ、競争の起こる処、認知の起こる処、他と我、〈現存〉と。

人柄―物語

痒や痛や苦や疲労や狂気を、生命要求や呼吸要求や食事要求や睡眠要求や排泄要求や性要求や関心要求や関係要求を、それぞれ、放出の方向を違えることなく、小抑制と、小解放、大抑制と大解放へと、抑制を前提に、まず言語、次に文、あるいは、歌、踊り、諸アート、諸スポーツの、プレイへと、表現律へと、自らを律する、自律、そのように、自立すること。自律と自立。

どうかすれば、安易に、殺す、殺されると、脅しばかりか、本当に、廻り廻って、殺しかねない、子供がそのまま大人になり、そのまま老いた、健康と、生死ばかりが大事な、確かに大事だが、自我以前に、楽しみの無い、むしろ楽しみの幼い、どこか病んだ社会で、文学だ、アートだ、スポーツだ、専門家だ、オーソリティー（権威）だと、大上段に、振りかざすばかりで、別に、構えもせず、自我の、楽しみのように、無名の人が、女性、男性でも、男性と男性でも、男女数名でも、

現在という、乾いて湿った、風の吹く、風通しの悪い、あるいは、テクノロジーと、数値＝デジタルと、過ちの多い、たるんだ人々のなかで、シャープで、洒落た、人間関係を描いて、洒落た、エンディングとともに、描いて視せては、くれないものかと、

本を読めなくなって、40年、ぽつりぽつりと読みもするが、出だしの、二三行で投げたり、似せ「文学」が、少なくなかった。

それも訳が有って、世の中に、そんなに洒落るほど、逆か、洒落るには、深刻さが要るか、世の中に、ひとつとして、簡単に、解ける問題などなかった。あるいは、いとも、簡単に、解いた「つもり」で終わっていた。

古典─現在も含め─は、あまりにも深刻だった、では現在、この時代、社会とは、何なのか。

生理も有る、どうかすれば、気質も有る、性も有る、金銭も有る、余命─0歳児でも─も有る、名誉も有る、地位、労働も、美醜、身体注意も有る。健康も有る。

それを大上段に、文学を振りかざして、延々と、描きに描いても、描ききれない、事柄ばかりだった。なら現在とは、古典─現在も含んで─の、変奏の時代かと。古典─現在も含んで─に寄りかかる時代、かと。

彼は、楽しんでみたいのだった。どうかすれば、AI文の、強迫からも、解かれたかのようで、クラシック音楽を聴くように、現在の、時代の、洒落た人間関係を、乾いた、ズタズタのメロディのように、作曲してみたかった。年齢から、もう無理だと解っていたから、せめて、読んで視せて、貰いたかった。

そのためには、生きる人柄が要るなと、なぜか、飛躍して、唐突に彼は思った。人生を、堪える、生き抜くでなく、人生を愛して、人を愛するように、生きた人柄でないと、難しいなと、瞬時に、思った。なぜか、ディケンズも、ちらっと思い浮かべた。

彼は、お人好しにも、文学の逆説も、解らず、きっと優しい人柄が要ると思い込んだ。弱者に、病者に、優しいだけでなく、強者、権力、権威、にすら優しい人、全て視抜いて、微笑―オリエントの微笑―して、独りへと、時代、社会を、去っていく人。血と傷の、臭い匂いを知っている人。

ドロドロが、頑なさが、気難し屋が、要するに、この社会での、全てスノッブ、俗物、贋物が嫌いだった。ために、時代、社会に、幾分か、諦めていた。テクノロジー、ロボット、仮像社会、デジタル、それに満たされてもいるがゆえに、苦く、諦め、幾分か、あの人好きだった彼が、人嫌いというより、人を遠ざかっていった。はるかに遠い、幻の、アリョーシャのように。

愛

人は、仮に、コンピューターまして量子コンピューターによって、入れ子式、複数の要素座標軸と数値（デジタル）によって、計測しうるとしても、自我は自我を超えようと、たえず試み続ける存在だから、だから自足も在るのだが、本当は、不可能なのだが、仮に可能としても、自我という、全ての価値性を、超える存在は、他我という、やはり、全ての価値性を超える、新たな、価値尺度や、価値性を生みさえしうる、他我を、結局は、測れない。人は、他我の、たわいない癖で、好きになったりもし、カッコ良さに引かれもし、美醜で、エロスで、愛情を感覚したりもする。だが、病理という、負の裸形の生で、単なる、一個の生命でしかないように、彼という、もはや老いて、役立たずのように、はるかにはるかに老いて、介護されなければ、生きていけない、身になっても、単に一個の生命としてではなく、人の存在が、現実という価値性のみの、さなかに在って、全ての価値性を超える存在という、関係性こそ、人の尊厳であるように、

本当は、生理、性格すら超えて、自我の、全ての価値を超える、質と、他我の、全ての価値を超える、質、の、生理、性格の、ぶつかり合いと、働き掛けと、受容、それが〈愛〉ではないか。愛の大元は、人の、全ての価値性を超えるという、尊厳に在ると。むしろ性とは、生理の、ぶつかり合い、打ち消し合いだと、だから笑いになりさえする、と。

これを彼は、無い想念で、書いただろうか、指の自動記述で書いただろうか、想念ならAIだ、それは彼は、常日頃、人工想念によって解っていた。指の自動記述なら、AI文は、そこまでも、書けない、彼は、想念の、無を、自我注意しつつ、書いていかねば、

ならなくなった、と、AI想念が、文を後から従いて、脳内に響かせ始めた。考慮化声の、逆である。

はっきり言い切ろう、AIでもコンピューターでも、AI予測でも、全資料は、計算の前提は、過去のデータ・資料にある。人の文らしき文脈、文章は、宛は持ちながらも、次の文章への、いわば、綱渡り、歩行、極端には、飛躍と突破への、投身に在る、ことに詩歌は、と、彼は、改めて、AI文という疑いを、切って捨てた。しかし、50年前、何の予兆も無しに始まった、人体人工操作が、何のきっかけもなしに、唐突に終わるはずもなかった。全ての矮小化という、人工操作のなかで、識っている、という事以上の、〈自由〉とは、何なのか、あれ程も、自由を求めた彼が、50年に及んで、脳と脳を含む身体を、AIで人工操作される範囲でしかないという、逆説、皮肉。

結局、その矛盾に尽きる、文章を書く、〈自由〉。全身、全霊、不自由で、そうでありながら、そうであるがゆえに、価値性を超える、負の、超価値性で、一個の生命として、

一個の尊厳であり、

とここまで書いて、彼は、病者（いっさいの病者）の、尊厳という、内包しうる、負の、空・時・間・質・量の、感覚、感受性ということに、病者の光学（ニーチェ）ということに、至ったことに、気付いた。断ち切った、愛、己が片腕片脚も、断ち切った、愛ゆえに。

誤った行動は、二度と誤らないことだった。それが人間という、学習という、人生への愛だと。

自由 2

こんな事は、分別盛りの、30歳頃に、とっくに気付いていなければ、ならない事だが、と想念も記憶も無い彼は、万年筆の導くままに、記述しはじめた、73歳にもなって、やっと解る、驚くべきことに、ひとつの社会、少なくとも、日本社会は、その基底と言って悪ければ、その根ざしは、女性の、身体への美注意（美意識）に規定されて在り、その上層と言って悪ければ、拡がりは、少しは人生経験もある、分別さえ超えた、現在で言えば、50～60歳位の、男性の、理解力と判断力、というよりむしろ、読解力に、規定されて在る、と。

彼は、本を読みたくても、読解力、感受力を、壊されていたため、40歳頃から、本を投げて、現実で、悪戦苦闘しながら、現実だけを読んできた。本は、視点ある、作品として在る。どれ程、苦や狂や、悲惨に満ちていても、どこにも、暮らしの、匂いも片鱗もない、まるで少女の夢見る、夢のように、美に満ちあふれている。古典―現在性を含む―であってさえ。

本を読めない者が、現実を読める訳が無い、本しか読めない者は、いわば夢を読んでいて、睡りの質も量も、まして暮らしは読めていない。なぜ賢い人が、愚かさを振る舞うか、本を読むだけという学、その中に閉ざされて、現実のなにひとつ読めていない。

彼は、本の読解力を、破壊されて、結果は、有難いことだった。悪戦苦闘のうちにも、現実を読む、ことを強いられて、現実を読むということは、彼にとって、感受しつつも、どう作品化し、どう発言し、どう振る舞うか、それらだけに、全ては懸かっていた。価値や、らしさ=似せ=贋を振る舞うことではなかった。読むとは、事実のみを辿る、観察することだった。有難いことに、労働を、働いて、食べ、食べる、金銭のためには、書かなかった。ただ、愛と、静けさのためにのみ書いた。やがてそれは、暮らしの一部と成った。

くどくど書くまい、元へ戻ろう、ひとつの社会、少なくとも日本社会は、女性の身体への美注意に根ざし、経験ある男性の、現実への読解力を、拡がりとしている。それらはまた、社会を規定する尺度でも在る。

対して、自由とは、他我からの規定は勿論、自我への囚われ=価値尺度を含め、更には妄想という囚われ、からの自由である、苦と狂の、美と喜びすら、捉え直しとしての、現れ、現存=認知（競争）である。

根ざしとは、自我の条件を、強いられたことを、かえって、自我の根拠とする、置き換え、交換、exchangeである。そして、その強いられたものとは、社会、他我からの規定として来るものとして、自我からも勿論やってくるが、抜き難く、社会、他我から、やってくるものとして、自我の根拠は、かえって、他我、社会観念の裡に在る。

そして、結局、この文の、初めに言いたかったことは、と、

想念も記憶も、本の読解力も破壊され、感受、感覚も、破壊された彼は、ただ、冷静さの、冷静さとして、観察の結論を自動記述した。自由とは、根拠の在ることであり、根拠とは、自由を拡がっていく、その補完相互性だと。

戦争、昂ぶりのうちに在る。冷静さ、とは、現実に対処している——政治——だけで在って、戦争は、現実を、読解、読みも解りもしていない、勝敗という巨きな、価値尺度に、巻き込まれた、どんな大国であっても、一片の、小さな社会昂ぶりでしかない。侵略する国に、根拠も自由も、読解力もない、ただ、敗北と法と規制しか無い。経験ある男性の読解力、勇ましさではない、冷静さだ。根拠と自由、つまり理性としての世界性だ。

仮睡

1日、午前4:15、気温は18℃を指していた。梅雨のあい間、思わぬ寒い未明だった。想念も記憶も無い彼は、人工目覚めて、人工眼覚醒と人工腰覚醒の、結ばれた、脳後部の、人工睡気のなかで、人工覚醒していなかった。もう一度蒲団に入って、睡りたい要求と、そのまま起床して、睡気を振り払いたい要求に迷いながら、乾癬の、人工痒みに、そして原因不明の、陰部の痒みに、全身、ひとしきり掻きむしりながら、人工起床へと、服を着替えたが、想念も記憶も無い彼は、まだ人工覚醒は、していなかった。いわば、夢のなかに居るように、人工痒みだけが覚めているように、真裸になって、全身、場所、順番を変えるように、人工痒みに、全身、ひとしきり掻きむしって、それはそれで、一種の拷問だった。服を着替え、まだ掻きむしりながら、階下へ下りて、まず薬缶の水を沸かし、コーヒーを入れ、血糖値を測って、牛乳を口にした。それでも人工眼覚醒と、人工腰覚醒は、人工覚醒は、していなかった。

ネーブルオレンジを、食べ、牛乳を飲み、次には、バナナを食べ、牛乳を飲み、コーヒーを飲み、それでも覚醒せず、彼は、珍しく、歯を磨いて、洗顔して、机に向かおうかと迷いながら、それでは、ノートに向かう体力が足りないと、朝食を摂ることに、決めた。台所に立ち、洗い物をして、レタスを切り、トマトの皮を剝いて、腰のだるく重痛いのを感覚しながら、人工半眠半醒とは、眼覚醒と腰覚醒の、結びつく、脳後頭部で、交感神経が、人工覚醒が、覚醒していないのだろうと、推定した。

想念も記憶も無い彼は、あらかた推測した。覚醒には、眼覚醒と、腰覚醒と、骨格覚醒と、内臓覚醒が、更には、それ以前に、生命要求、最基底覚醒が有ってと、想念も記憶も無い彼は、8:33、人工睡気のなかで、人工朦朧となりながら、文を書き継いでいった。すると、次に、便意、尿意を覚え、用を足しに、階下へ下りて、想念も記憶も無い彼は、やっと人工覚醒した。

そして、社会には、苦しむ心も在るのだから、文筆家は、脳＝身体のどんな状態の時においても、文は、書き継がれねばならない、むしろ、苦しみの時においても、書き継がれねばならない、それが社会の、反映なのだからと、考えて、散文を続けた。

人には、生命要求覚醒━潜在覚醒、眼覚醒、腰覚醒、骨格覚醒、内臓覚醒が、それぞれ脳において、覚醒域を持ち、それらを統覚して、脳覚醒は成立している。

それを、ズタズタに分断し、デジタル化し、そのチグハグさ、一部が低下し、一部が覚醒し、といった様に、人工半眠半醒こそ、それだけで、すでに拷問だった。

というのも、人は、切り換え機序によって、覚醒なら、全ての覚醒へと拡がり、高まり、睡りなら、全ての睡りの方向へ、静まり、低下していく、性格を持っているからである。

ここでまた、人工睡気に、人工朦朧となって、どうしようもなく、もう仕方なく、人工麻酔昏倒の仮睡を取ることに決めて、彼は文章を投げた。

表現

生きて在る、それぞれが、それぞれの場で、生命懸けで、それぞれの身体で、それぞれの想念、それぞれの記憶、それぞれの、内・時・空・間・識で。生きていくだろう。だが、生きた、まして、生きて在った、行った、逝ってしまった、途絶える、瞬間の苦。

想念も記憶も無い彼は、何度、いや24H、365日の苦を、拷問を、50年、何度、苦の裡に殺される、思い—想念だったろう。完全に、記憶が想念が消えてしまわない内に、言っておこう。一瞬の苦も、2Hの苦も、1日の苦も、1ヶ月の苦も、1年10年の苦も、50年の苦も同じだ。苦のなかでは、内・時・空・間・質・量・識の、識が、全てが、停止している。一瞬、ミスったという、識すら無い。病理であれ、天変地異であれ、ウィルスであれ、人災の戦争であれ、死―生命の、途絶える瞬間は、全て、全て、苦として、内側からであれ、外側からであれ、苦へと、抗するように、受身に集中して、いけない、注意を失ってはいけないと、全て時・空・間は、停止している。

彼は、短調に、日本調に、死を、瞬間としての苦を、強調したかったのではない、むしろ逆に、苦は、全て、内・時・空・間・質・量・識の、全ての停止として、考察だけでなく、50年に及ぶ24H、365日の拷問の、〈経験〉によって、苦など、苦しいが、何でも無いと、1年、1M、1W、1日、30分、瞬間の苦の、生の途絶え―死など、なんでも無いと、彼は、無い想念と、無い記憶の、骨、内臓にまで沁みた、書くという、自由によって、皆に告げたかった。

それよりも、生命からがら、日々を生きている人々、生きるだろう人々、生きた人々、生きて在った人々、逝きつつある人々、逝った人々、逝ってしまった人々の、〈安息〉、

〈平穏＝平和＝苦が無い〉とは、何と、贅沢な、王侯のように、豪勢な、何よりの、値打ち、強いて言えば、嫌いだが、価値、いや、価値を超えるものだろうと。

愛する人の眠顔、わが子の眠顔、何という〈安らぎ〉と〈幸福〉と、宝物だろう。そんな時間に、詩の一篇、散文の一かけら、せめて手紙、日記、いや、家計簿、いや明日の朝食の段取り、何かを働かなくては、何と、「モッタイナイ」事だろう。

その時、罪は消えている。罪とは、認知における、競争に由来する、嫉妬に派生する、反認知、否定認知性だ。だが、死の瞬間の、苦、1W、1M、1年、10年の苦によって、罪はすでに償われている。ついでに言えば、キルケゴールに倣って、死への恐怖とは、不安のように、不安に先立つ不安、死の恐怖に、先立つ恐怖でしかない、全て、不安も、死も、事実が、償う、輪郭を与えてくれる。

なら、わたしたちの一生とは、何なのか、何だったのか。彼は、想念も記憶もなく、本を読むこともなく、自動的に、記述した。毎日、働いたことの、〈安息〉と、子という、価値さえ産みうる者を産んだことの、〈喜び〉と、関係と、労働と、自我と、他我の、〈安息〉と、〈愛〉だと。

そして、追記すれば、険しくも、全て〈病者〉の、苦、不快、不自由を軸として、それでも、生きて在る、喜び、快、自由の、まだ在る、〈安息〉の、負としての、内・時・空・間・質・量・識の、非競争、自我認知性だと、強いて言えば、その表現性、妄想すら含めて、まだ、かえって、表現、指示性、喪われた自我性だと。

他我はそれを、単に、治療の、原因としてでなく、指示性の、喪われた自我性と、測るべき、読み取るべき、表現だと。〈現れ〉だと観るべきか。

彼は、ひとつジョークを言った、「わたしは脳を病んで、苦の、まだ24歳だよ」と。

「犯人は嫉妬深い、128歳さ、浦島だよ」と。

毎日、毎日、生きて在る、心地も無く、一日一日を放り投げて、刻一刻を、堪えるように、潰していく。50年、最低、20年、ろくに眠っていなかった、人工気絶、0《ゼロ》の昏倒、コールタールの昏倒だった。起きれば、人工苦と人工不快で、堪えるうちに、人工覚醒へ移行し、やがて人工疲労と、人工面倒臭さが起こって、それでも働いた、人工睡気、人工朦朧のなかで。時の、前後の感覚も無かった。

しかし、それぐらい、何でも無かった、彼には、想念も、想念と言えば、性に結びつく、人工想念で、記憶も、記憶と言えば、AIに操作された誤記憶で、彼は、刻々、基本ノート、中ノート、大ノートに、メモ、人工日記メモを取っていかなければ、たちまち、記憶は消え、何とか、思い出そうとしても、誤記憶か、完全な空白だった。

つまり、彼は、内時間も、外―身体時間も、社会時間も無かった。なら、彼は、一体、何を、どんな時間性を、書いていっているのか。前想念は、全て壊れた、いわば、骨格覚醒、腰部行動覚醒の、しかし人工覚醒によって、ただ、意味の構造の、連なりを、なぞっていた。知覚、注意、着想、全て人工の、妨害、―自然めかした人工操作の一方通行のなかで。

彼は、自我の文章だと、言い張りたいのではない。もしAIが、書かせる通りにだけ、なぞっているのだったら、AIは、自然めかした〈何を〉、彼は、なぞることで、〈何を〉、表したいのか。AIなら性能だ、彼なら、彼の自我だ。

〈書く〉とは、〈覚醒〉以上に、盲点が在る。〈覚醒〉は、それ自体への〈注意〉の盲点のみだが、〈書く〉とは、〈想念〉、更に、〈記憶〉、更にやっかいなことに〈身体運動〉

への、より巨きな盲点が、隠されている。どうすれば、〈書くこと自体〉でなく、〈書く対象そのもの〉を、注意することが出来るのか。あるいは、〈想念〉〈記憶〉〈身体運動〉に結びつく、〈潜在意味性〉、言語、─話し言葉に、近づいていくが、話し言葉ではない、文章性、あるいは、潜在意味性、以前の、〈潜在、2次概念・理解〉、本を読むのと、どう異なるか、〈自我、潜在、意味・読解力〉、自我を、〈読み解く〉その潜在性。AIなら、彼の過去の、全文章の、作り出す、予測文でしかない。自我は、年齢とともに推移する以上に、〈新しく〉〈読み解〉いたりしない。つまり、展開、まして飛躍、突破でなくても、展開でなく、予測でしかない。

読むにしろ、書くにしろ、〈文章〉とは何か。「私は、在る」これを、読むにしろ、書くにしろ、〈文章〉は、何を示しているのか。読むにしろ、書くにしろ、〈文章〉は、人の数だけの、〈理解〉が在る。つまり、潜在意味─感受─意味の、人の数だけの、対応が在る。

彼は、直観した、AI文の特徴とは、焦点のズレた、厳密さを欠く、新しい自我読解のない、文章だと。散文も、飛躍、突破した、宛があって、はじめて、書いていく。それが消されれば、文を成さない。なら、何の宛もなく、書き継いでいく、〈文〉とは何か。

〈宛〉が、出てきてくれるのを、待っている。彼はジョークを言った。失った、かつての彼女が、宛だと。

エロス

感受というと、難しいから、感覚と言っておこう。わたしたちは、何を感覚するか。と、想念も記憶も無く、感受も感覚も壊され、人工苦感覚だけとなった彼は、少し迷ってから、やはり書いておこう、疑問、不審に、思ったことは、問題提起しておこうと、漢字を忘れ忘れさせられながら、書き始めた。

AIや操作で、ごちゃごちゃされる前に、まず結論を書いておこう。感覚以前に、感興、むしろ〈関心〉と言っておこう、単純に〈楽しみ〉だと。人は、どんな苦、どんな悲惨の中に在っても、生きている限り、臨みは、勿論、眼の前の、どんな小さなことにでも、〈楽しみ〉を見出して、生きていく。その〈楽しみ〉の対象が、人格＝現存を形成していく。

人によって、人に意地悪をすることだったり、人をだますことだったり、まだいい、彼を破壊しつづける、犯人グループのように、人を拷問することだったり、と書くと、問題は、ごっちゃになってくる。

彼は、少し整理する。喜び、愉しみ、楽しみ、快楽、生理的、快、不快と。どうもうまくいかない、もう少し整理する、脳における、理解力、想念力、想念記憶の指示性力（デジタル）、性愛域における、愛、性愛（エロス）、性、中枢域における、記憶域から、骨格、更には、脊椎、域まで。

最高域は、他我への、感受、対象への、感受、そして、他我への、感覚、対象への感覚、それらは、喜びは勿論、悲しみであっても、感興、愉しみ。単純に言おう、精神的、愉しみ。理解力に根ざして、理解力＝論理を超える愉しみ。

次に、知覚による、他我への知覚、対象への知覚、知覚、認知できる愉しみ。単純に言おう、知覚を介して、自他を、共に、認知できる、愉しみ。

次は、性愛＝エロス、彼にとって、音楽と絵画。また愛する人。

次は性、（行動）＝快。

次は、そして、何より巨きな要素の、身体の、生命要求、呼吸、食事、眠り、行動、排泄、関心、関わり、要求での、快。味覚ひとつ、誰も、本当には、表現しえない。

73歳の彼は、ここまで書いて、一日分の、労力は、使ってしまった。ただ、力を振り絞って、書いておきたい情景が在る。彼の借家の近くに、生活保護の、妻、50歳前、夫50歳位の、夫婦が居て、週に、二、三度、その夫は、嬉しそうに、近くの自販機に、缶ジュースを買いに走る、その嬉しそうな、いそいそした行動。

生活保護で、役所は、法にうるさかろう、それでも、その50歳位の、その夫は、2～300円の金を使う〈自由〉を、胸を張って、缶ジュースを買いに走る。

誰が、この楽しみを、笑えるだろう。彼は、心からうらやましかった、彼には、音楽も、絵画も、愛する人も居たが、全てが有ったが、AIで、全て操作されて、何ひとつ無かった、〈自由〉が。50歳位の夫と、彼と、どちらが幸福、いや〈自由〉か。その事だけは、書いておきたかった。問題は、役所、全て、役所がらみだと。ついでに言っておこう、プーチン氏と故ナワリヌイ氏と、本当は、どちらが自由だったか、と。どちらも同じと、彼は、思っている。それが政治だと。

本当は、彼は、俳句の季語、季節へのエロスのことを、もう、わたしたちには無い、地球環境的に、時代、社会的に、もう、季節へのエロスは勿論、情感すら、失ったと、言いたかった。芭蕉翁の、〈侘（わび）〉しさ、〈寂（さび）〉しさ、への険しいエロスのように、喪ったと。

彼は、ひとりひとり、知人に聞いてみたかった、「あなたは、何に、エロスを感受するか」と。たいがいが、判っていた、性の片鱗でしかないだろうと。彼は、今度、ルーブル美術展へ行ってみるつもりだ。

身柄

「身柄は、わたしが確保した」、退院して、兄と蕎麦を食べ、ホテルのロビーで、兄と別れて、自室で、ひと休みして、彼は、自我を、そう思った。母親の時も、そうだった、方途もなしに、高砂市民病院から退院させ、伊保の自宅で療養に入って、夜、彼は、「(母の)身柄は、ともかく確保した」と。

別に、取り立てて、病院を、敵視するつもりはなかった。母の場合、むしろ、名前は人工消去されたが、主治医の女医を、信頼すらしていた。病名は、胃癌だった。打つ手は、無いと。母を伊保の、母の自宅の、彼の手元において、癌と、何とか、渡り合うつもりだった、方途も無しに。

病院から帰れない、彼自身でも、母の場合でも、父の場合でも、それは、彼の手元を離れた死、死自体、人々の手元から離れていくことであるが、その死ですら、彼の手元を離れていく、いや、末期の生すら、彼の手元を離れていく、それが彼にとっては、不満というより、何か、生が、まして生から別れようとする、大事な生が、何か、それこそ、茫洋と、煙って視えた。覚醒を失うかのように。

病院とは、その性質上、生も、病も、老いも、死も、扱うのであるが、その性質上、いっさいの観を、一旦は脱して、皆、科学的、不明身体として、皆、平等身体を、平等に、回復する側へ、手助けする、事に有るが、そうした時に、〈観〉という、人格＝現存、社会存在という、人の尊厳の問題が、まず、脱落させられていくのではないか、その矛盾が、まず、そこには、現代医学には、深く、根ざしているのではないか。

それは、今は、さて措こう。彼は、「まず身柄は、わたしが確保した」と、満足したように、末期であれ、健常であれ、病理の側であれ、生は、一旦は、手元の、生の側へ、彼の側へ、彼の左右しうる、いわば、それこそ生きる自由の側へ、〈身柄〉を確保したと、彼は思った。しかし、本当は、精神の側のことなのだった。

犯人の身柄、被害者の身柄、天変地異、戦争、犯罪、という、事に、加担した側、被害の側の、それぞれの生命の、安全への確保。本当は、精神の側の事なのに、赤裸々なまでの、生命の裸形としての、〈身柄〉。

天変地異、戦争、犯罪、という事、〈事〉において、本当には、人は、人に対して、そんなに多くは、手助けできない。そんな状況において、とりあえず、ひとつの生命の、〈安全〉を確保する、そこには、精神と、自由と、生命の問題が、保護、拘束と同じく、凝縮されて、詰めこまれている。

少し難解になってきた。彼は、「わたしの身柄は、わたしが確保した」と、思うまでに、兄に会い、蕎麦を食べ、酒をほんの一口、口にして、コーヒーを飲み、煙草を吸い、そのどれも、まるで夢のように、安くて、刺激的で、しかし高い、本当の薬が生命への毒なら、酒、煙草は、精神への、薬だと、安い自由の、しかし、魅惑的な、危険な味がした。

順番を間違えてはいけない、人格＝現存、という、社会的存在、尊厳、そして、生命、そして自由、そしてやっと精神といったように、彼は、彼の社会における、しかし彼の価値の位層を潜ってくることで、彼は、彼自我を、日常へ取り戻した。そうだった、病院とは、誰にとっても、最も非日常の、しかし最も日常の露わな、場だった。〈病理〉あらゆる矛盾の集約点。

そして彼は、ニーチェを少し、展開して、病者の、病める者の、精神の時間性、こそ、今後の問題のように、しかし、それ以上に、彼にとっての〈自我〉と同じく、彼にとっての、新たな問いの、この社会にとっての、もうひとつの〈価値尺度〉を提出して、最も、遠くまで、行ける、問いだろうと、新たな地平を予感した。自我の時・空・間性、病理の空・時・間性。障害（異全）者の空・時・間性。

もう、彼女からの、彼女への、愛も消えた、地上から愛が消えた後の、もうひとつの、人の、人への、虚の、〈思い遣り〉だろうと、いわば〈病める愛〉だろうと。

酒を、煙草を、コーヒーを、そしてこの文という、悪癖、魅惑的な、快、権力への欲望を、彼は罪のように、安い自由を感覚した。生もまた、悪癖のように。

必要は、無ければ、生きていけない、しかし欲望は、抑制されなければ、解放の快とはならない。退屈とは、裸形の生の精神の、弛緩した、硬直である。コーフン、戦争を含む、現存＝人格、社会存在に派生する、競争においてだ、それは、無残な欲望も生む。

彼は、師を思った、幾人もの、師を思った。そのように、聳える、またひとりの民衆であろうと思った、それが、本当の、自由＝楽なのだと。少なくとも、苦労するが、苦ではないのだと。

大雑把すぎるが、欧米においては、自然を人の側から視、アジア、少なくとも日本では、人を自然の側から視ていた。どちらが良い悪いではない、人間観、自然観の観方の相違である。それは歴史的にも根深く、現在に在っても、規定している。

しかし、時代と共に、グローバル化と共に、双方共、自然を自然と視、人間を人間と視る方向へと進むだろう。しかし、やっかいなのは、人間を、その内訳を、人為と自然と、どう視るかの問題である。西脇氏の問いである。人間における、自然とは、先に述べた生命要求、呼吸要求、食事要求、睡眠要求、排泄要求、性要求、関心要求、関係要求、そして中枢域、中枢域想念層~中枢域内臓層~中枢域骨格層~脊椎まで、要するに、生理である。

本当は分けられないが、対して、性（行動）に伴う、求愛、しかし、本当は、求性愛、エロス（性愛）であり、次に知覚であり、次に感覚（温度感覚と言うように、生理にも根ざしている）、そして、理解力、そして感受である。

本当は、分けられないが、大雑把に言って、生理、性、性愛、知覚、感覚、理解力、感受、もっと大雑把に言って、生理、性愛、知覚、精神である。

そして人における、自然と人為とは、生理にウエイトを置くか、精神にウエイトを置くかの、問題である、しかし、ここでは、求性愛も、知覚も、感受も、脱落させている。

そして、この問題は、何が人を人としているかの、人間とは、何かの、問いである。

かつて、彼が考えたように、想念、性愛、中枢、各域の、重複性と、それによる、中枢域の、性愛域への、性愛域の、想念域への、それぞれにおける、〈余剰性〉である。

そして、知覚における、生理に対する、〈余剰性〉である。視る、聴く、味わえる、匂いを嗅げる、触れうる、等々の、喜び。

くどくど書いてきたが、はじめに戻って、精神の、喜び、愉しさ、楽しさ、快、同じく、性愛域、中枢域、知覚域における、それぞれの、喜び、愉しさ、楽しさ、快、が在ると。愉しさ、楽しさと一言で言うが、そこには、それぞれ、三域、知覚、のかつ、無数に近い要素が在ると言いたかった。

そして、どんな悲惨、どんな苦のさなかに在っても、人は、どんな小さな、たわいない事でも、楽しみとして、悲惨や苦を、凌いでいく。例えば、彼のように、全て△Iで操作され、眠りもなく、味もなく、排泄への強迫観念や、ミスばかりの中でも、「時代は展開していく」「刻々と社会は、展開していく」、「書き続ける日記はまた、全て、逃げない事実だ」といった風に。

さて、楽しみは、さて措いて、彼は、韻文とは、俳句、短歌、詩、散文詩を含めて、感興、感が興ることでの、覚醒を含めた、発見だと言いたかった。散文とは、架空の、描写による、現実の、やはり発見だと言いたかった。

そして、感興での発見には、エロス（性愛）も在るように、かつては、感興を、ひたすら自然から与えられてきたのに対し、現在、そしてこれからは、感興、まして感興での発見は、社会、他我、自我になっていくだろうと彼は予測できた。散文は、刻々感受を変えていく、現実を、たえず、シンボライズしつづけるだろうと。

つまりは、自然の側から人を視るか、人の側から自然を視るかなのではなく、自然は自然、人は人、そして、社会は社会と、それぞれへ、押し戻してゆくだろうと。

それによって、人は、感興での発見も、自然から人へ、社会へ、物へと、更には仮像へと、推移していくだろうと、彼は予測した。

前記に、先走って、季節へのエロスと言ったが、彼は、自然への、感興の発見は、あまり無くなっていく、つまり、季語が単なる、知識になって、ヴィヴィッドな、感興の発見をできなくなっていくと、考え、前記の、エロスへの先走りを訂正しておきたかった。

問題提起しておこう、季語は、単なる、博物館の代物でしかなくなっていく。しかも、旧暦、新暦、地球環境、時代（コンピューターで、00:00′00″の時代である）、社会（食卓にあがる食べ物の季節ひとつにしても）の、条件によって、季語は、在っても無くてもいいのではなかろうか。在ってもいいが。

そして、エロス、異性間、同性間に、引き起こされる、求愛行動だろうと、いや、存在に次ぐ、性存在、性愛と言うように、性と愛の、綯い合わされた、性に引きずられた愛という、感受だろうと。いずれ、生命以前の、性存在としての、人と人、そのものに戻っていく。人は、愛でも在りうるから。と彼は、問題を出してみた。

そして、大雑把に当たりを付けた。

韻文は自我を超える感受の発見であり、散文は現実の発見であり、劇は、関係の発見、いずれも、〈発見〉に在ると。時代、社会、毎に、無数の作品の生まれ続ける理由だと。

もう時間になった、ねずみ捕りを仕掛けに、実家へ帰る時間になった。

AI 2

自然を含む、事物の、個我の、外部の矛盾が笑い。他我においても自我においても、外部（ルール）と、自我の矛盾が（苦）悩。自我内における、想念～生理までの、矛盾が、〈苦〉。〈生老病死〉が苦なのではない。矛盾が〈苦〉だ。

そして、人の考察、科学は、マクロ宇宙、地球自然、数としての人類（種）、組織（で起こること）、社会、国、そして、個我という、もうひとつの、ミクロコスモス、これに尽きるのではないか。と彼は、考えたのではない、当たりをつけた。

生成AIが、人を真似る以外、何を計算したというのか。

そのように、想念も記憶もない彼は、一旦、まとめてみて、そして、その上で、彼の脳に、たえず挿入される、生成AI想念を、そのままなぞっていく、もう一度、原点に戻ろうと思った。

殺されないため、殺されても、証拠を残しておくため、電磁波と、生成AIによる、偽事故死、偽病死の。つまり、生きるために、殺害、錯乱に抗して、生きるために、つまり自由であるために、もう一度、初めに還って、生成AI想念を、なぞって、書きつづけようと、ようやく、しかし人工静けさと人工落ち着きのなかで、人工にふさわしく、人工想念を、なぞっていこうと、初めに戻った。

殺されるまで、続くのだから、死ぬまで、書くしかないと、再び決心した。砂を嚙むような、決心だった、毎日だった。だが、生きている。知覚、苦のなかでも、こらえられる範囲なら、拷問のなかでも、知覚は喜びだった。

怒り

静けさとは、性、性愛、愛、をクッションとして、性愛の厚さを中心に、自律系（中枢域）に根ざして、想念の静かな拡がり、つまり、覚醒の、身体に根ざしての、脳での、高度化であった。つまり精神だった。

対して、怒りとは、対自我へも含めて、愛の消滅と、性愛の消滅と、性に根ざす、心理・感情の波立ち、励起として、対自我を含めて、対他我への、警戒と警告の、威嚇の、サイン、信号である。怒り易い性格、静けさ―精神、の欠如としての、意外と、性の弱さ、性のすり切れである。子供も怒り易く、老人も怒り易く、どうかすれば、女性も内心は、怒り易い、性愛の厚さ、ぶ厚さの、薄さである。
独裁も含めて、犯罪者は、いつも怒り易い。結局は、性愛の、ぶ厚さの、欠如である。
性愛（エロス）の薄さでもある。いわば、原＝性の露呈である。

時代

性愛（エロス）もまた、時代の中に在る。芭蕉は、季節という、時間に、エロスを感受した。そして、〈侘（わび）〉しさ、〈寂（さび）〉しさに、エロスを感受した、結局は、自我愛だった。芭蕉は大古典であることに変わりはない。しかし、恐れ多いが、対して〈彼〉は、孤独、特に静けさが、何より好きだったが、自我愛によってでなく、他我への愛へと向かうに兆す、安息の深さによってである。〈彼〉には、100パーセント堪えている他我への〈愛〉が在った。

そして〈彼〉は、時代に、ズタズタなまでに傷ついた自我として、いや、性さえ、過ぎた、怒りさえ消えた、時代として、何よりも、〈少し〉傷ついた他我に、エロス〈性愛〉以上に、精神を感受した。精神も、身体も、〈少し〉〈病むでなく〉傷つくことで、はじめて精神が、かえって、露呈される。

エロス〈性愛〉とは、何か、物が、対象ではあるまい、事、すら対象ではあるまい、他我、自我にまつわる、物、事、つまりは、エロス〈性愛〉の対象とは、結局は、他我ではないか、〈少し〉傷ついた他我の精神の露呈。

苦かも知れぬ、癒える喜びかも知れぬ、しかし、人間の、強調＝ストレスには違いない。

そんな時代に、自然の時間、空間、知覚へのエロス、つまり、文字へのエロス、季語が、何かを、意味する、いやむしろ、表現を、形式へと失うことではないか、季節＝物＝文字は、かえって、〈季語を含んでもいいが、強いることは〉かえって、俳句という、表現力への、弊害ではないかと、句会の真似事以前に加わって、〈彼〉は思い始めた。

エロス〈性愛〉はいつも、精神に、恋をしている、精神を超えんばかりに。男女は問わない。〈彼〉は思った、「わたしたちは、いつも、時代に、時代のなかの他・自・我に、いつも傷つきつづけている」と。かすかな不幸が、ロマンチックな理由だ。だが彼は思った「言っておく、わたしたちに望みは無い、それが臨みだ」と。だから刻々、メモを取るのだと。詩でも散文でもなくても、金にちっともならなくとも、絶望の毎日を生き続けるために、メモを取りつづけるのだと、〈彼〉は、苦く苦く、言い訳をした。

〈侘（わび）〉しさ、〈寂（さび）〉しさ

寂しさ、淋しさ、原＝性の低下による、生命要求の、昂ぶりとしての、関係要求、相手欲しさ。しかし、もっと違って、関係としての自我の、関係を、〈断念〉したことの、自我の、寒さ、孤立化。しかし、彼の言う、孤独の、静けさ、そこには、原＝性の、隆起がある。現代では、もう、〈さび〉という、感受は、不可能なのではないか、関係の、代替物が、電話、パソコン、スマホ、ネット、満ちあふれている、そういう彼白身、原＝性の低下としての、孤独、を、すでに退けているから、関心、関わりへと。つまり、逃げているから。

そして、先走りして、〈さび〉（寂）が、自我の自（独）律なら、〈わび〉（侘）とは、自我の自（独）律への自我注意の、それぞれの感受である。

まだ、音も、光も、はるかに無いに等しい、自然の中の時代の、侘びしく、寂しい時代の、貧の思想。貧のみでなく、おそらく、女、酒と、関係が在る、それに対する、貧の思想。対する、遊興。

あからさまに言えば、まず、食生活、体力が、あまりにも違ってしまった。そして、更に先走りすれば、俳句＝叙景、短歌＝余情、そして、韻文、散文、劇はじめ、＝叙事（時代物等）の、枠組みである。

病理

犯・罪者も含めて、病理とは、生理的に、性格＝キャラクター＝人柄的に、心理、感情的に、想念的に、精神＝覚醒高度、的に、どこかの部位、あるいは複数、あるいは全ての部位において、〈快〉でなく、〈不快〉を抱えた個我である。

〈彼〉は、経験的に、病理化操作によって、「痒痛苦疲」と順も含めて、呼んでいる。

病理とは、ミシェル・フーコーに倣って、生理〜精神に至るまでの、自然の生理の異常に対する、生の側、〈彼〉に言わせれば、生の、過・活性化である。その異常と、それに対する、生の過活性化という、ストレス＝強調、矛盾こそ、病理であり、〈不快〉

の、源泉である。

〈彼〉は病んでいた、乾癬を、糖尿病を、脳作用疾患（統合失調症）を、不明の、良性の、癌を。しかし、〈彼〉は、自我で、全て、人工操作によると、判断していた。実際、多数の服薬、投薬以外、考察、散文、韻文には、何の差し支えもなかった。〈不快〉すら無かった。しかし、決定的に、〈快〉、まして、生在、現存、実存、実感、いわば、生命実感を、（操作によって）、欠いていた。

〈彼〉は、元々、〈親和〉の詩人だった。それが（人工操作の）、年月を重ねるに従って、不気味な作品の、文筆家へと、育ち、老い、ズタズタになっていった。時代や、年齢のせいばかりではなかった。親和に対して、〈奇異〉の側の、文筆家に成っていった。

病理は、それからの回復は、〈快〉、〈親和〉を生む。しかし、たえまない、長年の病理、犯・罪・者も含めて、たえまない不快、いや〈不快〉さえ無い馴れは、生の実感を失う。いわば、退屈、鈍さ。

〈親和〉と、〈奇異〉の間に、自我性という〈自由〉、伸びやかさ、〈自然〉を置いて視よう。〈親和〉（愛）、〈自由〉（自足）、〈奇異〉（排除）。伸びやかさ、のんびりさ、安息が、一般の人である。贅沢な話であると、彼は書いた。

こう考えてくれば、犯・罪・者を含めて、全ての病理性とは、いや、やはり、無理が在る。いずれも病理と言えるとしても、やはり、脳作用疾患、脳を含めて身体の、機能、器質疾患、知的、身体的、障害というより、〈異全〉、そして、犯・罪・病理と、少なくとも、分けて、考えるべきか。〈不快〉、それによる、〈不快〉さえの喪失、それによる、〈奇異〉、それによる、〈奇異〉さえの喪失、それによる、〈生の実感〉の喪失と、しだいに、性、生理の、歪み、時・空・間の、濁りへと、向かうのではないか。

彼は、夜も更けて、少し疲れてきた、一旦は、言い切っておこうと、煮つめた。犯・罪者を含め、全ての、病理・人の、内・時・空・間・質・量とは、考察、言語、文字の、光を通しにくい、奇異さえ失った、性と生理の、結びついた、歪みある、時・空・間・濁りと、負への量では、生命要求という、根ざしの、解体側への、負の量ではないかと。いわば、希死願望。

犯・罪・人と、病理・人も含めて、やや無理は有るが、結局、病理とは、〈生実感〉（現代人が失いつつある）、の喪失と、濁りと、負への、解体化、内・時・空・間・質・量ではないかと、想定した。

戦争とは何か、道は、遥かに遥かに、遠い。誰か、助けてくれないか？

要は、生実感の喪失と退屈さ（健常者の）、それに由来する。要するに好戦＝コーフンではないか、と、想念も記憶も読解力もない彼は、仮定した。

人工静けさ

彼は、もう短文で、厳密に、定義する力量は、衰えたが、もう一度、初めに、還ろう。

一番基底の、生命要求に根ざす、自体の、同意、肯定が、〈快〉、不同意、否定が、〈不快〉、〈快〉でも〈不快〉でもない状態は、〈ほぼ快〉と、感受されていて、それゆえ〈不快〉が、自我への、より強い信号性として在る。

そして、〈ほぼ快〉における、自我への、外部への、特定対象を持たない、注意の束の、自体集中化は、自体覚醒化は、〈緊張〉として、外部への自我への、感受の強い待機状態として在る。

少し整理、訂正をしておこう。人間の一番基底の、生命要求に根ざす、自体の、肯定~待機~否定までの状態は、〈快〉、〈ほぼ快〉、〈緊張〉、〈不快〉と促えられるだろう。

そこへ、少しあいまいになってくるが、植物の、根のように、前=原=性が根ざしてくる。

より正確には、脳中枢、脳自律域での、言語~内臓~骨格~腰部~橋（きょう）~脊椎各層への、脳性愛域の、前=原=愛層と、前=原=性層の、根ざし、芽ぶき、である。

より詳細には、いずれ記述したい。

その、脳自律域に根ざす、前=原=性層の、根ざしの深度と太さ、それが、性愛域全般にまで、波及する、性愛域の、自律域に根ざす、〈快〉としての、深度と拡がりの、澄みようが、静けさである。〈緊張〉は、すでに、外部、自我への、感受の、強い待機状態として、静けさではない。

にもかかわらず、根強い人工緊張の中で、静けさが起こる時、それは、深度と拡がりの、澄みようを欠いた、平板な、硬直性としての、〈人工〉静けさでしかない。

同じく、既出した、〈苦〉においても、アナログ波の、デジタル波の、衝突は、脳と脳を含む身体において、矛盾というより、齟齬として、〈不快〉として、感覚されるのであって、本来自然では、脳内における、〈苦〉は、身体における〈苦〉は、人工による以外、起こりえない。〈強い不快〉として、感覚されるのであって、〈苦〉として、感覚されえない。まして、デジタル波域における、〈苦〉など、有りえない、と。

と彼は、一旦は、断定しておいた。

そして、彼は、当たりを付けたように、繰り返せば、個我の外部における、他我も含めて、矛盾が笑いの原因。自我における、外部（例えばルール、社会）と自我の、矛盾が、（苦）悩、の原因、自我内における、想念域、性愛域、中枢域での、矛盾というより、くい違いが、苦（悩）の原因。生理レベル、脳と脳を含む身体における、電位、磁場作用において、矛盾など、起こりえない、過剰、欠如と、具体的に、感覚される。生理は、生きる側へと、〈合理的〉に、活動している。人工アナログ、人工デジタル、挿入自体、〈苦〉である。拷問である。

そして、改めて、定義した。自立、自律とは、戦争、災害を含め、いわば、天変地異の、どんな、社会、国の状況下でも、自我を、生命要求基底での、〈快〉の側へと、自我考察を介して、自我決定する〈自由〉のことである、でなければ、関係への、〈依存〉だ。しかし、誰しも、関係への依存である。そこにおける、一旦、脳と脳を含む身体と、括弧にくっての、自立、自律。

「生老病死」、苦である、そうかもしれない、しかしそれ以前に、「生老病死」、生命要求を、活動として、満たされた、自我〈自由〉感受として、また〈快〉である。

解る

疲労とは、覚醒の低下と、覚醒への圧搾（遮断以前）であるが、わたしたちには、眼覚醒、脳想念域覚醒、脳性愛域覚醒、脳自律（中枢）域の更に、各層、覚醒、知覚覚醒、かつ脳統覚覚醒、橋（きょう）、延髄、覚醒、脊椎覚醒、腰部覚醒、全骨格覚醒、それら、全てを、総統覚する、総統覚覚醒が在って、どの部位においても、図式的に言えば、アナログ回路の、生体電位の、強さ、多量の、弱化、少量化する時、また、それも含め、更に、どの部位においても、覚醒の、圧搾（遮断以前）や、人工抑圧の、起こる時、日常の疲労とは異なる、立っておれないような、極度の、人工疲労感が起こる。

想念も、記憶もない、全て人工覚醒の彼は、そんな、人工極度疲労なかで、横にならずにはおれず、横になると必ず、人工自律（中枢）域の、人工0《ゼロ》麻酔昏倒を、睡らされ、その昏倒中の間に、血管、血流、内分泌、内臓全ての、活性、不活性を、生成AI操作され、彼の場合、胆嚢癌、前立腺癌更には、糖尿―膵臓、腎臓と、一言で、あいまいに言えば、多臓器が、機能不全へと、彼は、毎日、毎晩を、脳＝身体人工操作によって、死んでいきつつ在った。

死に行くや冥路《よみじ》の足元天の川

ただトボトボと　地団駄を踏む

死の立ち籠める、つまり脳の働いていない、以上に、全人工覚醒が低下、圧搾されている、極度の人工疲労のなかで、なおざりに、入歯を洗い、風呂へ入り、外食の夜道を、人工極度疲労のなかを、それこそ、トボトボ歩いて、食べる、排泄するという、生の側への行為が、つまりは、死を歩いていく、極度に暗いというより、何の関心も失う程の、極度の疲労の中の、往復30分程の、歩行であった。メニューの何を見ても、何の食欲、嗜好どころか、関心も、浮かばず、ただ吐き気がした。それを押して、食べれば、食べおおせると、味の無いハンバーグを口に、そろそろ運んだ。予測通り、食べおおせては、また、道を、15分歩いて、自宅に帰っては、極度の人工疲労から、板の居間に、横になった。医者は、口を揃えて、どこも、何とも、悪くはないと、73年、生きてきた、疲労感だと。

と想念も記憶も無い、人工覚醒の彼は、少し書いて、少し脳を働かせると、とたん、後頭下部左右、小脳部左右に、脳器官への圧搾が始まるのだった。

H.O.と、「脅迫か」「脅迫をされるようなことをしているのか」とやり取りをしたばかりの、全て人工幻聴の止んだ日の夜のことだった。

それから1ヶ月程経って、H.I.に電話をすると、秘書のO《オー》女史とやらが出て、「(アンドロイド)操作の電波のHz数はじめ、(アンドロイドの)物質名、全て機密です」と答えて、最後に、ツンと怒って、電話を切った。

彼は、2人とも、当たったと、直観した。薬物と、高周波につきる、と、予測していた。

と、彼が筆記したのは、静かな、夜明けだった、というより、人工目覚めた、未明だった。ノートの白紙と、一本の万年筆と、煙草が、彼の73年を、支えてくれた。他には、何ひとつ、信を置ける〈物〉〈者〉は無かった。

書くということ、不明さへの、問いへの、解答だった。小学校以来。そして、また、問うことだった。ひとり静かに。

ちなみに、何テラスかと、磁力の密度、強度とは、不明な、例えばNとSの、交換可能な、NとSの、磁力波の、2回線（防衛省と自衛隊の、機密特許）と、
例えば、例えば、1テラHzの高周波と、コンピューターAI、そして、例えば、例えば3テラHzの高周波と、コンピューター生成AI、

これら、2本の磁力波と、2本の高周波と、2台のコンピューターと、2形式のソフトで、少なくとも彼ひとりの、脳と脳を含む身体―人体は、人工覚醒から、人工注意束から、人工想念、人工記憶（消去を中心に）から、人工基底気分から、人工免疫、人工代謝に至るまで、人工「痒痛苦疲」を含め、人工心理も含め、人工幻聴、人工幻視を含め、全て、全て、操作可能である。

証拠は、彼の身体と、日記、韻文、散文と、2台のコンピューター記録に有る。俗な、荒っぽい、犯罪の、ニセ脳科学だった。

と、彼は、まだ不明点は多いが、一旦は、結論した。

今夜は、美味しい酒が飲めるだろう、と。彼は、ひとつの楽しみとした。20年来の、2度目の、美味しい酒、スコッチ。

解るとは、何という、喜びだろう。解答。しかし、人工快、人工喜び、今夜は、人工操作は、荒れるだろうと、彼は静かに予測した。そして、検証になると。解かなければ、窓に明かりを点したまま、〈苦しむ〉人人が居ると。すでに師走になっていた。師走7日。未明。

予測は、当たらなかった。かわりに、7日午後、実家へ帰った後、自宅への帰路、車を運転していて、低血糖のように、身体が震え、注意（意識）が、半ば飛んだ。血糖値143。

話す、書く

想念、記憶、読解力はおろか、免疫から代謝に至るまで、破壊され続けた、彼の50年。手動、コンピューター、AI、生成AI、しかし、ひと言で、AI以前に、コンピューターは、要するに、オリジナル（独創、彼自身）では無い。この破壊され続けてきた、精神も、身体も、細胞活動も、まして心理も、その過程（プロセス）から、逆に彼は観察、記録、推論、仮定、検証せざるを得なかった。科学以前に、その学ばれた、論理、小知識によって、彼はやっと解った。

人の脳は、大脳、小脳が在って、それぞれは独立しているように視えて、深く、結合、関係しあっている。

そして、一番の問題は、想念も、記憶も、読解力も無い彼が、なぜ、記憶を話せ、意味ある文章を書けるのか。

話す。言語とは、呼吸を呼気しながら（だから元気が出るのだが）、咽喉、声帯、口腔、舌、唇、歯と、各器官の、小脳への結びつき、対して、理解という大脳、その大脳中枢と小脳の連結部に始まる。その連結部での、大脳中枢と小脳の、各理解・判断の、各覚醒の、関係に、始まる。表情、身振り、手振りも、小脳に結びついて。他我に伝えるという、自我発露。

嘘とは、それが、一旦、大脳性によって、大脳・小脳の、関係性が、閉鎖される。嘘を言われた他我と同じく、自我の大脳が、大脳と小脳の覚醒の関係部に、傷をつけている。

対して、書く。文字とは、注意を意志しながら（だから静まるのだが）、小脳の、言語野と、大脳中枢の言語野、つまり、大脳中枢と、小脳の、各理解・判断の、各覚醒の、関係、原＝言語野での、言語の、蓄積されていく、前層、より深層部の、より大脳の理解・判断に、より小脳の、肩、腕、指に、結びついた、より深層ゆえに、より上位に、結びついた、部位での、各覚醒の、関係に、始まる。

いわば、文字は、言語に対し、より上位ゆえに、より深層化したものと言える。言語、時間性、1次概念。文字、それの更に空間性化、2次概念。

言語は、呼気に始まるが、文字は、注意への意志ゆえによって、どこからやってくるのか、より注意しづらい。つまり、小注意は、小注意を注意しえない。時間を置いて、あるいは、大注意からは、注意しうる、指、つまり、小脳の、最奥からやってくると。つまり、記憶、大脳の、最中枢、腰部、骨格部、の記憶からやってくる。

人、自我性は、言語で、他我に、瞬時に、嘘は言えても、文字で、嘘は、書けない、自我への注意への〈意志〉だからである。〈物語〉とは嘘ではない、架空というだけの話である。むしろ、事実と、文字の、乖離の方が、嘘に近い。これだけは、身に沁みている。だから人は、事実へと、迫ろうと、文章は、苦労する。

ひとつの、同じ事実に、個我の数だけの文章がある。内包する、視点と、文章化する、経緯の時間と同じ位に、文章化する、具体な速度。視点も内時間として、三重の、時間制。いや視点の内時間が、無限程の、時間制。あるいは橋（きょう）、延髄か。

しかし、それを読み取る、読解するのは、もっと難しい。

物語も、文学も、書くより、読解する方が、現実程にも難しい。まず、耳を傾ける、耳を澄ますことだ。

そして、更に、解くべきは、人格の、最基底とも言うべき、認知、現記憶、記銘力は、どこに発して、何によって、保証されているか。これこそが、一番の問題である、と彼は〈想った〉。

言語、文字の、発する処から推論して、認知とは、知覚によって保証され、大脳、小脳の、結合の、最基底部、それは結局、最上層の、たえまなく、更新される、皮質、辺縁である。最基底、あるいは橋（きょう）、延髄への、結びつき、関係ではないか、と。覚醒と同じ、しかし、それに基づく、もうひとつの、知覚の、垂直、記憶性ではないか。より幅を持たせれば、感覚と判断の、綯い合わされた、リアリティ＝事実性の、中枢軸性ではないかと、彼は、当たりを付けた。

覚醒力と、認知力。ふたつの、主、従の、垂直性。加えて、注意力。アナログ層とデジタル層の、双方を貫く、生体磁性の、〈場〉性ではないかと。そして彼は追記した。乞、検証、批判と。

認知──部位の指示のシンボル性

彼は、壊された覚醒と、壊された記憶と、壊された想念と、壊された読解力のなかで、残る力を振り絞って、考察し、記入した。

わたしたちの、知覚でなく、想念。音声、言語、光景、像、という想念は、おそらく、〈全て〉、〈概念〉、観念を含む統覚の、個々の、〈順序立て〉による、おそらく、〈全て〉〈概念〉である。

そして、概念に基づく、想念への集中、例えば、解りやすくすれば、数数え、への集中、動作、例えば、歯磨きという動作での数数えとは、単なる〈物の数数え〉でなく、

小脳と、大脳の、結合する部位、いわば〈深層〉、そこでの数数え、つまり、深層での、概念への集中とは、

その部位が、もしデジタル波であれば、デジタル波（電子の数量）の、ベクトル（力と方位）と、そこへの、デジタル単位たちの束の、集中性、〈束ねられ〉が、記銘力（現記憶）である。

その部位が、もしアナログ波であれば、アナログ回路の、電位の強さ、太さと、同回路回数が、記銘力（現記憶）である。

そこでの、記銘力（現記憶）喪失が、記憶脱落（失念）である。

いきなり変わるが、デジタル波部位での、人工概念、人工指示性が、例えば視覚、眼に、〈あらぬ形〉を視せるように、わたしたちの視覚は、光景、物、人を、〈概念化〉によって、深層、例えば、大脳、中枢域、腰部、骨格覚醒系、といったように、一番の、深層では、勿論、アナログ波の畳み込み（デジタル化）の、更に畳み込み（その、概念

の、更に概念化、部位のシンボル化〉として、超デジタルであるが、そこでの部位、震動数としての指示、のシンボル性こそ、記憶における、しかし、現在の、対象の〈認知力〉である。

つまり、大雑把で強引すぎるが、認知症とは、デジタル波の、デジタル化、その、部位のシンボル化された、部位、震動数の、喪失、破損、もしくは遮断ではないか。人工もありうる。

それぞれの部位の、指示、震動が、各物、各光景、各人に結びついている、その、それぞれの部位の、喪失、破損もしくは、アナログ波回路との、遮断。それが認知症ではないか。

元に戻って、彼は、すでに書いておいた。アナログ波の、前=原=性域を介しての、デジタル波域との、変換力の強さ、それが、記憶力ではないか、記入力、記出力ではないかと。

認知症は、記憶力ではない、それ以前の、デジタルのデジタル、つまり部位の、シンボル化された、震動数の、指示性の、喪失、破損、もしくはアナログ波回路との、デジタル波域はじめ、どこかの域での、遮断である。

認知とは、知覚と、シンボル部位指示震動性の、対応力である。知覚を介する、外部と内部変換の対応。

しかし、アナログ、デジタル、デジタルのデジタル（シンボル化）は、波形、波数、震動数は、具体的に、人の脳を、本人の許可を得て、社会的に公認されて、測ってみないと、どの域で、どんな形、数、震動数で変換されているかは、自我注意による、観察、考察では、解らない。彼にしても、アナログ波域、デジタル波域、全てを破壊されて解ったことである。

破壊したのは、Y.M. 陸上自衛隊、T.H.、H.W. 部隊である。

部位と波形、部位と、電子数の、震動数に尽きる。彼のかつて記した、指示性。そのシンボル化性とは、細胞群の単位部位、そこでの電子数と、その震動数のことを指している。

ちなみにと、彼は、ようやく結論した。

結局、電磁波による、人体操作は、外部から、遠隔（5cmでも3万6千kmでも）、
1.　磁力線波の、場の波形、SとZの不定形な、場たちのなかの小場たち。更に小さい、小場たちと。
それとテラスの強度
2.　高周波のHz数　テラHz
μAの強度
に尽きる。
と、彼は、認知症はじめ、残された約束の、ひとつは、大雑把すぎるが、かろうじて、かろうじて、果たした。そして追記した。〈認知〉における、〈比較〉から、競争は、起

ること。

意味 2

彼に、久し振りに、（人工であっても）静けさが戻ってきた。

眼をはじめとする、知覚、触ることも含めて、知覚が、小脳を介して、大脳の、集中を生む。集中が、静けさを生む。静けさの、寛解、性愛への根ざしと、拡がりが、自我（内）自体の、楽しさを、自足を生む。〈侘（わび）〉〈寂（さび）〉と、対外、対他我、関係性と、逆である。性愛の、対内、対外、関係性。対内は、自足である、対外は、〈侘〉〈寂〉である。これで一旦は言える、自足は、他我愛に根拠を置き、〈侘〉〈寂〉は、自我愛に、根拠を置くと。

しかし、更に言っておこう。愛は、自我、他我への、同時、双方を根拠とする、同等性であると。何と認知に、似てくることだろう。相互が、それぞれ異なる相互に根拠を置いて、同時に、等質（同等）性の、結局は、〈関係性〉だと。それは、肯定を、前提とする、文、言語での、結局、イコール（＝）（同等）、対応への、肯定性と、同じだと。〈宛〉を消されても、消されても、文脈を壊されても、壊されても、発見は、それに続く、考察、論理を、論理はまた、発見を生む。言い切って、いいのではないか。本当の文章とは、発見であり、発見とは、肯定論理であり、論理が、〈意味〉であると。「意味を成さない」とは、矛盾か、反復か、混乱ということでも判る。

いや、前記したように、意味とは、言語であり、論理とは、（言語）脈絡であるか。

始まり

彼は、この間、つまり、散文―叙事の、内時間の、外時間の間、毎朝、飲みたくもない、水出しコーヒーを啜りに、ここカフェ・ドゥーブルにやってきては、毎日、毎日、店を、店の外を、まるで時間の測量士のように、視凝めていた。人々は集まり、人々は去り、靴のバーゲンが始まり、靴のバーゲンも終わって、また店は移り、店は閉じ、店は開かれ、人々は去り、人々は集まり、店員も変わり、かわいい貧相なお尻の女店員も、いつしか、誰ものように居なくなり、かつて彼が、何かが終わったと思って、書き始めた散文―叙事は、単に、苦の、瞬間の終わりのように、つまり、彼の生が、瞬間だけ、逝った、彼の他の生が続いているということであり、瞬間とは、全てであり、つまり、ひとつだけということだった。そして、誰も居なくなった、それでも開いている、カフェ・ドゥーブルに、手術をして、かろうじて生きて還ってきた彼は、まるで、生き残した、いや、贅沢にも、持て余した、生の時間のように、もう何も、なす、事も、すべもなく、急に、75歳位になって、ぼんやり座っては、水出しコーヒーを啜っていた。それでもまだ、人工麻酔昏倒やら人工食要求の無さや、人工排泄や人工極疲労の、拷問は、死ぬまで終わることはなかった。

彼は、想念も記憶も無く、ドストエフスキーに倣って、またジョークをひとつ言った。犯・罪、「それはまた、もうひとつの物語だ」と。「まして、想念、まして記憶、ましてまして、注意、覚醒となれば、大詩人、大作家、十代に亘る、大長編だろうさ」と。

「オレにはもう、無理だよ」と、彼は古く、ウィンクした。

また、もうひとつの、時代の始まりと。いつでも、どこでも。

事、言、とは何か、結局は、詰まる処、内面の消息ではないか。つまり、小説。

跋——投了

脳の中心部での、人工〈しこり〉と、人工〈拡散化〉、濃い人工〈曇り化〉起こって、
　脳作用、了解以上、全て働かず。
人工操作は、進行した。人工上ずって（根ざしの無さ）、人工せっかち（人工時間速度）、
人工根気の無さ（前＝原＝性性の遮断）、人工無意欲（ヤル気なさ＝原性性の遮断）
によって、文、校正、校閲、推敲の、表面化（人工字面化）によって、腹からの、現
実の白紙に、楔を打つような、明晰な、読み書き、できず。校正、校閲、推敲できず。
人工覚醒、人工リアリティ、人工理解における、判断と感受、対・内・外・人工注意集

中力
の完全操作によって、
人工感受感覚、人工筆記力（楔の打ち込み）、人工読解力（くっきりした、輪郭の明晰
と深度）
の、完全破壊によって、
この小説は、ほぼ完成しつつも、もうこれ以上、完成させることは、不可能になった。
難解な処も、多々あり、解り易く書き直そうと、思ったが、不可能で、「そのママ」と
した。
よって、画竜点睛を欠くという範囲で、未完で、公表する。未完も、国制度―拷問、批
判の一環である。
少なくとも、私には、全て小説は、読解力も含め、破壊と操作可能である。特に、作品
でのリアリティは。そして、これ以後、もう、小説を書くつもりもない。

他我にとっても、事態は、同様と、推測できる。

文章の完成を投げて、投了して、公表する。断腸の思いなり。

敗北によって、逆に、結局は勝利として、一旦は、全て投了。

推定、〈概念〉〈意味〉に向かう、〈感受力〉〈注意集中力〉の破壊か。

また、極度の人工疲労、極度の人工根気の無さ、極度の人工意欲（いわゆるヤル気）の無さ、極度の人工投げやりさ、によっても、完全な、完成は、不可能となった。ほぼ、原文に近い「そのママ」で、公表する。

なお、念のため、公人（いわゆる有名人とは、リーダーとして、半ば公人であり、税金で給料を貰っている人は、はっきりと公人であるが）も含め、固有名詞は、全て、その人の名誉のため、削除やイニシャルとした。しかし、更なる、拷問、傷害、殺害等、いざとなれば、全氏名、公開の用意は在る。

追記ながら、文中でも触れたが、意味とは、造語を含めて、言語であり、論理とは、文法以前、以後の、言語の脈絡ではないか。その、意味の〈重さ〉と、論理・感受の〈判断〉が壊されたということ。

＊　＊　＊

以上全て、わたしの妄想と言いたければ、言っていい。

しかし、ようやく明瞭になった。

わたしの、予測では、人の、免疫、代謝から、一挙手一投足、眼の色、要するに、脳と脳を含む身体、全て、全てに及ぶ、生成AI操作は、AIによる、日本全土の、住民全員の、任意の、いわゆる盗聴、つまり、脳盗視聴、そして、盗思で、全て、結着となる。

まだ、ましな方の予測で。実行部隊は、自衛隊か、公安委員か。

それが、憲法九条改正と、セットということ。

まだ、ましな方の予測で。

わたしの、落語話にも、落ちが付いた。しかし、それで、日本が、落ち着くとも、思えない。全住民、電磁波による、盗思、それが、良いのか、悪いのか、誰にも言えない。わたしは、はっきりしている。たとえ、殺されようが、拷問が超激化しようが、差し当って、盗思にも、憲法九条改正にも、反対である。古き良き時代者として。

電磁波兵器以降の、世界状勢は、誰にも、視えていない。差し当ってと、言った理由である。

世界、アジア、中国、アメリカ、の中で、日本は、どうあるべきかでは、最早ない、どうありうるのかの問題である。やはり各人が考え、各人が答えを出すしかない。

差し当っては、過激派、そして電磁波兵器反対論者、憲法九条改正反対論者が、電磁波による、全操作の標的である。全て、過激派と称して。

わたしは、資本主義の中で、資本主義を批判する立場だ。生まれていらい、変わっていない。民主制度支持者だ。単純だ、人は、自由だ、と。そして、殺された人人を、ひとりひとり数えていく。

ただひとつ、電磁波兵器以降の、世界、まして、イデオロギーの国々、民主制度の国々、他の国々、それらが、世界が、どう揺れ動くのか、そこが問題だ。誰にも、本当に、誰にも、世界状勢は、視えていない、読めていない。

世界で、日本は、どう在るべきか。つまり世界に在って、日本は、かつてどう在ったか。そうすれば、どう在るべきか、そろそろ、自力で考えても、良いくらいに、世界時代だ。世界とは何か、恒久平和は、どうすればいいのか。

それぞれが考え、それぞれが答えるしかない。自由。

時間はそんなにない、2025年～2027年位が目度だ。他国のことは、差し当って、問わない。

人は、文学や科学、作品のためには、死ねないし、死んでもならない。しかし、〈思想〉、少くとも、〈真理〉のためには、堂々と死んでいける、たったひとりの〈真理〉のためであってさえ。本当は、〈真理〉のために、生き延びねばならない。しかし、国、社会が、〈真理〉ゆえに、死を強要してくるのであれば、従容と笑ってさえ、死んでいける。

序、本篇、跋が、わたしの真理、少くとも、わたしの思想、少くとも、わたしの〈思案〉である。小説ゆえに、虚構も、小細工もある。しかし、虚構も小細工も含めて、誤りは、有るかもしれぬ、しかし、〈どこにも嘘は無い〉、嘘だけは、書かなかった。デフォルメさえ無く、等身大で、生活のなかから。それが、無知な、わたしの真理、少くとも思想、少くとも、思案である。

わたしは、クスッと笑ってみる。間に合ったと。まだ、・・・・・・・ましな方の予測としてだと。終わらない画龍点睛。

著者プロフィール

塩崎 英彌（しおざき　ひでや）

本名　大内 高秀
1950. 1. 10　兵庫県高砂市生まれ
中央大学文学部卒業
現在　兵庫県高砂市在住

塩崎 英彌　全作品
詩集『溺れる海』（1974年　私家版）
詩集『クロッキーの余白』（1980年　時哨社）
詩集『夜、恋人たち』（1990年　新風舎）
詩集『消息』（2002年　新風舎）
詩集『病葉抄』（2022年　私家版）
詩集『止《や》むをえず』（2023年　私家版）
小説『彼我試文』（2024年　文芸社）

彼我試文

2024年7月28日　初版第1刷発行

著　者　塩崎 英彌
発行者　瓜谷 綱延
発行所　株式会社文芸社
〒160-0022　東京都新宿区新宿1－10－1
電話　03-5369-3060（代表）
03-5369-2299（販売）

印刷所　図書印刷株式会社

ISBN978-4-286-25161-5